中缅当代文学互译丛书

雨夜雾梦

Yuye Wumeng

【缅甸】德格多鹏奈 著
计莲芳 译　严修莹 审校

漓江出版社

图书在版编目（CIP）数据

雨夜雾梦 /［缅甸］德格多鹏奈著；计莲芳译 . —桂林：漓江出版社，2023.5（重印）
ISBN 978-7-5407-9017-2

Ⅰ . ①雨…　Ⅱ . ①德…　②计…　Ⅲ . ①长篇小说－缅甸－现代　Ⅳ . ① I337.45

中国版本图书馆 CIP 数据核字（2021）第 010854 号

雨夜雾梦

YU YE WU MENG

作　　者　［缅甸］德格多鹏奈
译　　者　计莲芳
审　　校　严修莹
出 版 人　刘迪才
责任编辑　霍　丽
装帧设计　广大迅风
责任校对　王林秀

出版发行　漓江出版社有限公司
社　　址　广西桂林市南环路 22 号
邮　　编　541002
发行电话　010-65699511　0773-2583322
传　　真　010-85891290　0773-2582200
邮购热线　0773-2582200
电子信箱　ljcbs@163.com
微信公众号　lijiangpress

印　　制　广西智源传媒印务有限公司
开　　本　889 mm × 1194 mm　1/32
印　　张　7.75
字　　数　150 千
版　　次　2022 年 2 月第 1 版
印　　次　2023 年 5 月第 2 次印刷
书　　号　ISBN 978-7-5407-9017-2
定　　价　45.00 元

忠　诚

读吾此书，　消遣愉悦，
即便无益，　亦不受损。
些许章节，　发人深省，
纯为文学，　献与读者。
不以己长，　好为人师，
我已释怀，　唯有真情。

——德格多鹏奈

目　录

译者的话

《雨夜雾梦》这部小说的作者德格多鹏奈是缅甸著名作家，上世纪六十年代，在缅甸文坛即小有名气。当时也从事缅语翻译的我的丈夫正在我国驻缅使馆工作，德格多鹏奈在缅甸著名文学杂志《妙瓦底》上发表的连载小说也断断续续阅读过几篇，但他已没有多少印象了。

我奶奶喜欢看长篇文艺小说，她经常从书摊上租书看。我从小学三年级起，就在她干家务时，翻看她借来的小说，久而久之，阅读小说居然成了我常年的爱好。1955 年我从上海格致中学被选调到北京大学学习缅甸语。这样，我又爱上读缅语小说了。我国改革开放后，我与同学一起，曾合译出版过数部缅语小说，如《旭日冉冉》、《不是恨》和《别了，夏日之夜》等。

退休后，我仍然喜爱阅读和翻译缅语小说。一方面是因对文学的爱好，另一方面也觉得可锻炼脑子，有益于健康。北京大学东南亚系缅甸语教研室的杨国影老师很了解我的爱好，所以利用去缅甸的机会，专门给我挑选了好几本缅甸小说送给我阅读。《雨夜雾梦》正是其中的一部。2020 年新冠病毒疫情在我国肆虐，宅在家里，就有更多的时间阅读。我被作者“意识流”的写法以及书中的情节深深吸引。

作家为了写这部小说，显然翻阅了大量有关心理疾病患者的病案资料或对不少心理疾病医生做过访谈。小说描写了主人公貌纽迈这位心理疾病患者曲折的人生经历，说明了致病的因素，释放了作家对心理疾病患者巨大的同情心和爱心，从而也就告知读者要正确对待心理疾病患者。这一点无论对缅甸还是中国读者，都同样具有现实意义。于是我不由自主地动手在电脑上开始翻译。

2020 年广西推出“中缅当代文学互译出版项目”，杨国影老师告诉我此消息，而《雨夜雾梦》也正好译校完毕。我向负责此丛书互译出版项目的漓江出版社投稿，很快得到了肯定答复。

“中缅当代文学互译出版项目”是落实 2019 年 11 月广西壮族自治区党委常委、宣传部部长范晓莉和缅甸国家宣传部部长培敏会谈精神的具体成果，是“中国—东盟文学互译出版工程”第一期重点项目，旨在深化中缅两国文化交流。该项目由自治区党委宣传部组织实施，广西出版传媒集团旗下的漓江出版社具体承担。《雨夜雾梦》有幸入选该项目，于我而言是一种荣誉，更是一份沉甸甸的责任。希望这本书的出版能为促进中缅文化交流起到一定的作用。在此也感谢广西出版传媒集团及其旗下漓江出版社为完成此出版项目所做的一切努力。

计莲芳

2021 年 4 月 1 日

第五版作者自序

《雨夜雾梦》一书，初版于1962年9月，连载发表于《妙瓦底》杂志。后整书出版，至今已再版第五次，跨时31年之久。

在如此不同的时间段中，对待以心理学为基础创作的一些小说，读者的前后看法和感受产生了很大变化。

在此，想从世界文学发展史进程的角度，对心理学与文学的情况，发表我个人的一些见解。

早期，一些大诗人、大剧作家们，曾被人们誉为以各自的方式透彻了解人的自然本性的“心理学大师”。如果不了解人的心理状况，又怎么能写出人的自然本性和习性呢?

一些长篇小说被誉为优秀作品，往往是因为它们同时描写了人的自然本性和习性，所以人们写长篇小说总也必然要了解心理学，也就是说要了解人的心理状况。

文学作品，尤其是长篇小说，与心理学之间存在着这样一般的关联和联系。

从普遍意义上的关联和联系，发展到尤其注重从心理学角度去写作的那类小说，始于1900年康拉德写的《吉姆老爷》一书。

早先的长篇小说，在写人物时，是要描写人群中人们各自的情况的。因为要写人，也就不能不写人物的心理状况。但是，小说中人物的思想、想法、遭遇、感受和抉择，都受到当时人类社会的道德和规范的影响和制约。换言之，那些人物只能是“在想法、看法上类同的一个又一个的人”。但是，由于种种原因，这个世界上，也还存在着并非常人的那种人。康拉德就开始描写这类人的情况。于是，文学史学者们就认为，在文学和长篇小说史上，出现了一种新趋势。

先前长篇小说主要关注的是外在世界。而从康拉德开创的这种新趋势，被解释为侧重于关注内心世界。于是，一种描写内心独白意识流的新趋势小说问世了。

康拉德之后出现了一批作家，如：普鲁斯特、詹姆斯·乔伊斯、弗吉尼亚·伍尔夫、卡夫卡以及萨特等。他们成了著名作家，涌现了一批心理独白和意识流的长篇小说著作，它们提倡淡化情节，着重刻画内心世界。

为什么作家要写描写内心独白的意识流小说？而且拥有一批读者？这是有原因的。但是解释这个问题，不是本序言的任务。

产生心理独白意识流小说之时，也正巧遇到心理学大发展之际，并且与心理学发展紧密相联。

心理学之所以发展进步，一般来说，也与化验室中的实验发现、人类社会环境的研究和心理疾病的治疗有关系。

治疗心理疾病过程中发现的情况，引起了人们的普遍关注和浓厚兴趣。这始于布洛伊尔和弗洛伊德1895年出版的《歇斯底里症研究》一书。后来，弗洛伊德一人在1910年至1915年间撰写了九篇论文。从此，与弗洛伊德的大名分不开、被译为解析心理学的分析心理学，在全世界学术界名声远播。

分析心理学和其他心理学科的不同之处是，其他心理学科只属于心理学者和心理医生的应用范畴，而分析心理学走进了寻常广大百姓之中。潜意识、潜意识的触发，心理因素促成的行为、言谈、思想、心理防护机理和心理压抑等分析心理学方面的语汇，成为他们的日常用语。就连不搞心理学的人，也尽量用分析心理学的语汇去分析、剖析人的思想和行为。

这也就是说，分析心理学“大众化”了。当一门深奥的学科进入大众化，它总会带来这样那样负面的东西。

弗洛伊德确实是一位值得尊敬的大学问家。哲学家伯特兰·罗素曾这样赞扬他说：“影响了新时代人类思想和看法的四位伟人中，弗洛伊德是其中之一，当之无愧。”弗洛伊德无疑是位伟大人物。他的分析心理学深奥而细腻，理应得到尊重。

然而弗洛伊德只是一位伟大的心理学家，并非人中菩萨。弗洛伊德的思想、看法，还存在许多缺点、弱点、疑点和片面之处。

在评价弗洛伊德时，应把他的理论和实践这两个方面分开来。对其有关实际诊治方面的创造性成就应予以肯定赞扬，但他所解说的病因、病理却引起人们一大堆批评。

用极笼统的评论概括来说，弗洛伊德的理论极为唯心主义。他似乎无视甚至漠视人的社会、人的文化、人文社会环境的改革和治理。

概括来说，这就是弗洛伊德和弗洛伊德主义在学术界所处的地位。

但是，正如上面说的，弗洛伊德主义和分析心理学大众化了，进入了文学，尤其是小说领域。于是，小说作者们也想要涉足、尝试、玩一把。就这样，涌现了一批运用分析心理学创作的小说。其中，不乏严肃、慎重、精妙之作，也有追求稀奇古怪、惊悚、博人眼球以及令人惊奇的小说，但这对心理学而言，仅是蜻蜓点水，供人消遣而已。

此后，在缅甸也有一些着重描写稀奇古怪的心理情况的小说陆续问世。其中大部分是短篇或中篇小说，也偶尔出现过一两部长篇，但无一不是参照国外的长篇小说或电影情节改编而成。

那时，我自己也产生了尝试一下的想法。抱着试试看、练练手的想法，我写过一篇名为“心理学小说”的小文。

1951年，我写了一篇名为“下雨才好呐！”的短篇小说。它的篇幅大概有杂志的10来页那么长，不长也不算短。杂志社没有采用。1959年，我的笔名开始小有名气。由于心犹不甘，就把那篇小说的情节稍做修改补充，大概有杂志篇幅30多页那么长，把小说名也改为“一场暴风雨”，投稿到经常登我长篇小说的大杂志社，结果仍然没有被采用。

1962年，我依然不死心，想把原稿扩充，索性写成一部长篇。这样，重新看了一下原稿中的两段。

不看不知道，阿弥陀佛，天哪！对原来写的内容，我自己也觉得不满意了！

不注重小说的结构、情节、编排等，而让小说的主人公用长篇大论脱口而出、自言自语叙述其内心感受，这样的小说被称为独白（Soliloquy）类小说。我的这部《下雨才好呐！》，就是那种独白或自言自语类型的！唔……唔……未被杂志社采用，那是不奇怪的！

之后，我突出了小说的结构、情节和剧情的承前启后，读来引人入胜，但人物的习性令人不待见。对于人物如何形成如此这般的禀性，以及什么样的社会环境和生活经历促使其形成如此的性格，原因一概不予充分揭示。对这类只注重情节的小说，人们称之为消遣、娱乐类小说。我后来改写的《一场暴风雨》就是这样一类小说。唉！不奇怪，杂志社依然没采用。

不过，我确实很想运用心理学好好写一部小说。我不想以弗洛伊德自相矛盾的理论为依据，而是要依据他的分析心理学中前后一致的透彻而又深刻的见解来写这部小说，还要运用儿童心理学、社会心理学、人格心理学等倡导的人的本性来创作。

但是……

难道只是为了想谈谈心理学的情况而去写一部长篇小说吗？那写一篇专论、一篇文章就足矣！

所谓长篇小说就应写人的情况。这可能是常人中某个人的情况，也可能虽不是常人中某个人的情况，但却是人世间某个人的情况。反正一定得是人的情况。

我考虑了，而且考虑了很长时间，特别是考虑了要以何种“心意”来写。

渐渐地，诚心诚意的文艺创作灵感油然而生。

人世间，人们都会面临社会现实。多数人只能尽量接受社会现实，接受像社会上多数人那样的宿命。

其中一些人命运不济，这些人会受到命运的折磨和打击。

所谓命运的打击，又有各式各样。有的心理失常，有的疯痴或患精神病，有的虽还没有达到疯痴程度，但却有各色各样的精神失常。这样的人失去自我管束的能力。有的甚至自怨自艾，不知自爱，陷入自责不已的苦难之中而不可自拔。

在这个社会中，就有这样受到命运折磨和心理失常的人。

那么，可不可以写点小说，描写一下这类人的情况？

只是写点同情、怜悯他们的内容，有什么过错吗？

这样，我写了一位名叫“貌敏伟”，又名“哥迪沙”“貌纽迈”这样一个人的身世，并把小说名改为“雨夜雾梦”。

起初，有评论说：“《雨夜雾梦》是一本很与众不同、描写心理情况的消遣性小说。”另又有人责怪说：“那个主人公貌纽迈说的话不像常人说的。”这一点倒是说对了，我可以很清楚地回应：“貌纽迈确实不是常人中的一个人！”

《雨夜雾梦》首次印刷出版为一万册，售罄后，又再版多次。

缅甸电影界元老吴丁貌大导演将它改编拍成电影。现在，“重量级”导演吉素顿又将它拍成两卷本电视片。

《雨夜雾梦》这部小说，最初仅仅是年轻人爱看，现今，也受到年长者的青睐。一位电影和文艺评论人士写文章建议，要求将之重印。

应广大读者的要求，本书就有了现在这第五版。

哦！时间已过去了31年！如此漫长的时间，《雨夜雾梦》这部小说竟没有被雾霾淹没！

观察入微的广大读者，多么令人称奇啊！在《雨夜雾梦》中，你们究竟看到了些什么？我因为手头已没有第二次印刷的本子了，到旧书店花大价钱总算淘到一本。

打开淘来的这本书，到处可见原书主人用铅笔画出他欣赏的一些段落。有一处用较粗黑的线画着的一段是小说主人公玛德意大夫的话：“不要以为有心理疾病的人常常会误会基于情感的人间情爱、同情心等七情六欲，其实他们在这方面一点也不欠缺。”

我在“序言”前部分的一处谈到了我写《雨夜雾梦》的善良初衷。

是的，如今我才真正表白我的本意。

这本老书已有30多年的书龄了！

啊哦！君不见，30多年前，读者们就看透了我善良的初衷，多么令人啧啧称奇啊！

德格多鹏奈

1993年7月18日

Chapter 1

第一章

过 去 生 活 中 的 姐 姐

一

从火车车窗向外眺望，雨珠飘落在一片翠绿色的田野上。时值缅历七月初，田里的稻禾已长到齐腰高了，随风摇曳，恰似绿色海洋中的波浪一般。放眼向东远眺，隐隐可见雨雾笼罩着的勃固山脉。

随着车速减缓，传来了火车驶过铁桥时产生的巨大回声。只见大桥下湍急的河水翻卷起浑浊的浪花，哗哗作响。

“姑娘！这就是泊达昂大桥！它就在达亚瓦底县和卑谬县的交界处。再过十五到二十分钟，傍底就到了。”

坐在车厢前排约五十多岁的那位长者，回头对被他称为姑娘的女子说这话。那位女子年近三十岁，皮肤白皙，长长的睫毛、挺直的鼻梁，俏丽而文静。女子露出洁白的牙齿，文静地微笑了一下：“哦！傍底都快要到了。谢谢您告诉我。那……大叔，您大概是还要往前，去岱贡吧？”

“是的！我们刚上车，多少有点生疏，真是一回生，两回熟。快到站倒有点熟了。我名叫吴登貌，是开机器厂的。”

姑娘微微一笑。她的微笑很可爱、动人，但又宁静而端庄。

“我叫玛德意，是大夫，是仰光大学心理系的讲师。认识大叔，很高兴。”吴登貌听了有些惊讶，悄悄睁大眼睛看着对方。

“啊！您是大夫……玛德意大夫！那您是专家啰！”

“不敢当啊！大家通常就这么称呼我。”

吴登貌连连点头称是。

“唔！时代变化太大了！以前，专家啦，博士啦，真是凤毛麟角。我只听说过巴莫博士、巴汉博士、登博士，等等。再说，我是小地方人。姑娘就是老师，将来当教授，成为吴拉夫博士一样的大学者啦！”

“是的，吴拉夫老先生既是我们的老师，还可称得上是我的父辈了。他真是我感恩不尽的大恩人哪！”

“嗯！见到你真高兴，像你这样一个女孩居然得到了博士学位，真为我们缅甸的未来高兴哪！祝你在我们这儿玩得开心！我们这儿的人很热情好客的！好了，姑娘，收拾行李吧！”

吴登貌适时结束了谈话，又埋头看他的报纸了。

玛德意很感谢吴登貌。其实她是个闯荡过世界的人，在将到站前，早已做好准备，无需匆匆忙忙归置东西。但有一件要紧的事必须得做，所以玛德意十分感激这位善解人意的吴登貌。

玛德意从笔记本上撕下一张已写好的纸条。这是她在车厢不停颠簸的情况下，尽力握住笔写的。字迹虽有些弯弯扭扭，但这无关紧要。

玛德意暗自笑了笑，把纸叠好后放进信封里。信封上写上了地址。因为这时火车开得不快，写字还不算难。信封上写的是：

仰光市

秘书厅文化部

副秘书　吴敏伦

玛德意把信装进信封，又放进一个空纸袋。然后收拾了一下行李。几分钟就收拾完毕，依旧坐到座位上，朝车窗外张望。

玛德意来傍底，心里多少有些忐忑。她只是通过一位作家同事（讲师），结识了相当多傍底的作家、诗人、艺人。从他们的谈论中听说了傍底地区风景优美，简直令人心动不已。

绿色的田野、翠绿的林木、苍茫的山峦……但玛德意未能身临其境目睹如此美景，因为此刻窗外已下起了倾盆大雨！火车渐渐减速，越过了一条小河，已进入傍底城了。火车驶过了一个只知叫派出所的建筑物，开始驶向城区。

此时，吴登貌的视线离开手中的报纸问道："姑娘，你说你是第一次来此地玩，有人来车站接你吗？"

"有人接，大叔！我打算到退休司法部长吴敏凯家去住，会有人来接。"

"噢！吴敏凯那儿吗？这么说，即使没人接，你也不用发愁啦！车站上问谁谁都知道的！唔，顺便告诉你，我们傍底这地方因为塞亚山（缅甸历史上著名农民起义领袖——译注）起义出了名，所以一提起傍底，一些人就会以为傍底人强蛮、彪悍。

哎！要说到爱国抗敌，那我们这地方的人还就是强悍、凶蛮！但在平时，我们这儿的老百姓都很热情、友善，我的意思是：姑娘！即使没人来接你，也不要紧的。”

虽然出于礼貌，她说了句“没错，大叔！”，但心里却暗暗认同这种说法。这个地方的人，对自己这块土地十分自豪哪！与玛德意很要好的傍底人作家多达瑞也曾自豪地写过：“法国有嘎斯昆区（音译），英国有苏格兰，缅甸有傍底！”

不管多达瑞大哥说得对不对，玛德意都为傍底之旅兴奋不已。正当玛德意还在浮想联翩，火车却已停靠在傍底城站台。

玛德意与吴登貌话别后，提着旅行箱和小包下了火车。这时玛德意才发现雨比想象的要大。由于风势极猛，雨如瓢泼，虽是正午时分，却让人感到已临近黄昏。路边大树的枝干摇晃不已，好像发出吱吱呀呀的呻吟声。玛德意把背包中的信取出来，投进一个邮筒后，就在站台上四处张望。

也不知是下雨之故还是下车人少，站台上空空荡荡。玛德意有些不安。在这风雨交加之际，来到一个完全陌生的地方，不免感到有点胆怯。她长长地舒了口气，挺直一下身子，给自己鼓了鼓气。心想自己已是天南地北都闯荡过的人了，即使在国外旅行也有多次经历，有什么好畏惧的？

就在此时，一位四十来岁的男子走近玛德意。

“请问，您是杜德意大夫？”（注：杜德意是对玛德意的尊称）

一听到那人的招呼声，玛德意高兴起来。在答话之前，先将对方打量了一番。

此人的举止文雅，穿着普通而整洁，看上去彬彬有礼而有些矜持。玛德意文静地笑了一下，说：“是的，我叫德意。”

“我叫翁莱，是我东家吴敏凯的财务总管，东家有封信要我交给老师。”

玛德意伸手接过吴翁莱递过来的信，又对来人的脸扫了一眼。他居然称呼自己为老师，那说明他对自己早已有所了解了。

信上的字体正是玛德意清楚记得的吴敏凯的亲笔。信中没什么特别的内容，只说他有急事去了卑谬，争取今天赶回来，但说不准火车抵达的时间，所以可能不一定能按时赶回。如不能及时赶回，请原谅。财务总管翁莱是完全可以信赖的。

“谢谢您，吴翁莱！没能见到吴敏凯大叔，又碰上这么个大雨、大风天气，是有点担心，但现在有人来接我了，就没事啦！那好，咱们走吧。”

吴翁莱接过玛德意手中的行李，在前面领路，朝停在车站外的“全景”牌汽车走去。

汽车停靠的位置离车站屋檐仅 5 英尺距离，玛德意将一张报纸盖在头上，朝停车的地方快步走去。这时，汽车后座门打开了。正在此时，一道耀眼的闪电，一声响雷轰然而至！

“哎哟！吓死我了！”

这声音来自汽车的后座，玛德意吃了一惊！朝车里看去，车后座上坐着一位年纪与吴翁莱相仿的白白胖胖的妇女。车的后门一定是这位妇女打开的。但现在她已经双臂抱在胸前浑身哆嗦。

“瞧瞧！这么胆小害怕，早知如此就该待在家里，别来好啦！”

吴翁莱一面呵斥着杜乌，一面帮着玛德意坐进车里。此时杜乌也在慌忙挪地方让玛德意上车。等大家都坐定了，吴翁莱就坐进司机座位，发动了汽车。车外，雨还在下着。

车驶离车站不久，吴翁莱向玛德意介绍了杜乌。

“老师！这位杜乌是我东家的管家。您住在这儿，她会无微不至地照顾您的生活的。”

玛德意微笑着看了一眼杜乌。此时，杜乌才不自然地回了一下笑脸。

“大婶您可能是很怕打雷的声音吧！”

“打雷的声音倒不怕，我很怕闪电呢！我的侄女！噗！噗！（注：缅人消灾驱病之声——译注）别闪啦！好人、坏人的头上都别闪啦！谢天谢地！可千万别再闪电啦！”

玛德意开怀大笑。“大婶！别怕闪电，只要是已经看到闪电，这雷就打不到您头上啦！道理么，以后我会讲给您听的。”

就在玛德意说话之间，闪电又一次次地闪个不停，雷电交加。而吴翁莱则打开车灯专心地驾驶着车。

汽车先是向南开，当开过那栋像是公立中学的楼房附近时，车便朝东拐去。

“大侄女！哦！该称呼您老师！您不怕风，不怕雨吗？”安静沉默了片刻的杜乌发问道。

“我倒很喜欢雨和风呢！大婶！”

“哎！”杜乌长长地叹了口气，“哎！喜欢雨，喜欢风，哎哟！我的天！我可怕着呢！非常非常怕，怕得要死呢！”

此时，前座正开着车的吴翁莱，用责备的口气大声说：“喂！杜乌，行啦！别说啦！你跟老师净说些什么哪！”

“我就说害怕呗！干吗不让人说？怕就是怕呗！说说有啥关系！对吗？小姑娘！哦不，该叫老师！”

瞧着这两位老人斗嘴，玛德意忍住了笑，发问道：“您要是怕风怕雨，大婶，待在家里就是啦，到外面来不是白白受苦吗？”

这时杜乌对此惶惶不安地解释开了。

“哟！我的老天爷！雨啦！风啦！我真的怕啊！这么大一栋房子里，我一个人可不敢待呀！噗！噗！活见鬼！倒不如遭雷打呢！”

杜乌话还没有说完，吴翁莱就打断她。

“这个老太婆！在老师面前你瞎说些什么呀！喂！到此为止！别再说啦，我的老太太！”

直到此时，杜乌才闭口不言了。

玛德意分别瞅了一眼杜乌和吴翁莱，心想他们葫芦里究竟卖的什么药呀？

汽车先行驶在小城市常见的石板路上，渐渐地拐到一条平整的红土路。此时，由于路边大树的遮挡，一时间原先消失的大片绿色田野又重现在眼前。田野阻断了似墙的雾霭，远处的山脉隐约可见。

红土路一直通向一个大宅院。汽车径直驶向大院里的一座很气派的二层楼廊檐下，停了下来。

吴翁莱和杜乌先领着玛德意来到客厅。客厅里挂着一幅穿着法官官袍的吴敏凯的大幅照片。

“吴敏凯大叔是乘火车去卑谬的吗？”玛德意一到客厅坐下后，便找了个话题问道。

“不是的，老师！是坐吉普车去的，原来打算今天中午就回来。也不知是不是途中遇到大雨，车抛锚出了问题，到现在还没回来。不过没关系，有司机貌山久一起去，车出点小毛病的话，貌山久会修。”

吴翁莱对玛德意做了解释之后，转向杜乌说:“好了，杜乌！你领着老师去看看房间什么的吧。你就别再瞎说些无聊的话啦！老师一路上火车坐累了，该让她好好休息休息！”

吴翁莱拿起桌上的一面小锣，敲了一下，一个用人模样年约17岁的小姑娘进来了。

“迎钦！你把行李什么的拿着，跟着杜乌一起去帮个忙！”

玛德意的确有点累了，没有再说什么话，跟着杜乌上楼去。

一到楼上，玛德意就更看出楼房的现代化和豪华了。

“这栋大房子真够棒的！”玛德意用断定的口气说。

“老师您喜欢这所大房子吗？”

杜乌问话的样子似乎另有一种含义，玛德意猛然一抬头看着她。

“那杜乌您说呢？”

“喜欢啊，喜欢呗！这个大房子么，我当然喜欢。”

杜乌停住了说话。

“大房子么，是喜欢的，是吗？杜乌！还有什么是不喜欢的呢？”

杜乌的身子明显哆嗦了一下，急忙反驳：

“哦……哦……不是这个意思，我不是这个意思。那个……那个……喂！……迎钦！把东西放下！就这房间！”

杜乌没把话说完就中断了，到了一个房间前，要迎钦放下行李时，杜乌用钥匙打开了房门。进入房间，玛德意就更感到满意了。房间就像是西方大旅馆的头等客房，房间的门上没有插销，只有钥匙。

杜乌将一把钥匙交给了玛德意：“这是给您的。还有，门上的这个开关，在里面往下摁，从门外就怎么也打不开了。”

杜乌还想解释，玛德意说：“好的，好的！大婶，我知道，我会的。”

迎钦放下行李后就离开了。

玛德意环顾了室内四周。

房间长约 20 英尺，宽约 15 英尺，相当宽敞。地上和墙壁上铺的都是意大利产大理石。卫生间有抽水坐便器，有单独的浴室。

玛德意走向窗口。

从窗口向东瞭望，只见一片片的田野和层层的山峦。再低头看近处，院子里有不少树木和花草。

玛德意打开了玻璃窗。

“哦！老师！别开窗！”

杜乌惊慌地阻止她。

“为什么？杜乌！雨已经停了！也不会再打雷了。”

玛德意笑嘻嘻地使劲打开了窗，在杜乌身旁坐了下来。

玛德意面带微笑看了杜乌一眼，似乎对这位老太太产生了兴趣。

双方都沉默了一会儿，杜乌突然向玛德意问了一个令她意想不到的问题。

“老师，听说您已获得博士学位，那就是大夫啦！对吗？听说大夫们为了得到学位，晚上就得在医院太平间里跟死人睡一个屋子，是吗？老师，您不害怕吗？”

此时，玛德意笑了，笑出了声。

“我是博士，没错，但不是大夫，大婶！再说了，我虽不是大夫，但我也不会害怕啊。”

说是博士了，却又不是大夫，杜乌一时间思想乱了套。她疑惑不解地看着玛德意。此后，她似乎再想说些什么，动了动嘴巴。

但就在此时，“杜乌！杜乌！”楼下传来了吴翁莱的喊声。

谈话中断了。

她站起身子说："这家伙，捣乱！也不让人家好好说个话！来啦！来啦！……"

"哦！老师，您来一下。"

杜乌敏捷地拉着玛德意的手走到床头边的书桌前，拉开了一个抽屉，从抽屉里取出了一样东西，这个东西使玛德意感到非常意外。

它是一块曼谷丝绸料，颜色是袈裟黄。

"这块料子是在茵莱湖边，坊道乌佛塔那儿买的曼谷丝绸袈裟。那年我随东家和貌山久一起去掸邦时，花了30元，买了四五块。这东西能避邪呢！鬼怪靠近不了的！连子弹都能防得了呢！老师，您睡觉时，把它系在床头，听见了吗？您瞧！这儿！……"

杜乌把头上的发髻解开，里面露出了一小块曼谷丝绸袈裟料。

玛德意对杜乌的兴趣已经变成了惊讶，这位老太太是因为什么原因要把这些东西给自己看呢？此时，楼下又传来了呼喊声：

"杜乌！你怎么回事啊，在干吗呢？"

杜乌慌慌张张地把一块袈裟丝绸料塞进玛德意的手里，急冲冲地朝房门外跑，到了门口又回头叮嘱她："老师！从里面把门反锁上哟！"

杜乌走之后，玛德意手里拿着曼谷筒裙的布头发起愣来。

玛德意深深叹息了一声。恭恭敬敬地把那一小块袈裟丝绸料放回抽屉。此时，她忽然想起了吴敏凯给她的信中的一段话:“大侄女！我目前不得不面对的问题，一时间难以向你表白。但是我想，你是能够帮助我的一个人。盼望你在七月学校放假时来我家一趟，到那时，我就会把事情的来龙去脉全都告诉你。”

吴敏凯不得不面对的问题和胆小怕事的杜乌之间有什么关联吗？

在没有充分的事实根据之前也不必多想，玛德意中断了思绪，去换了件衣服。

躺在床上稍许休息了会儿。只听到有人敲房门。

“请进！”

门开了，迎钦走了进来。她皮肤白皙，一副勇敢胆大的模样，站在床边。

“什么事？迎钦！”

“大厨要我问您，大姐您还想吃午饭吗？想吃的话，喜欢吃些什么？”

“噢！噢！那……这里，什么时候吃晚饭啊！”

“东家是晚七点整吃晚饭。”

“这么说，明天中午我想好好吃顿中饭，如有牛奶和鸡蛋，我想要。鸡蛋最好要半熟的，其他就随便啦！今天我已在火车上吃过了还不饿，就不吃了！”

玛德意微笑着说完了话。迎钦本来问过事后就可以走了，可是她并没有移步要走的样子，站在那里似乎还想说些什么，动了动嘴巴。玛德意已经意识到她还有话要说。

“说呀，玛迎钦，想对我说什么就说呗！”

但是，迎钦的表情又变了。

“大姐，我没什么要说的。大姐您住在这儿，有事尽管吩咐，我就想告诉您这一点。”

迎钦的遮掩神情已显而易见。但玛德意就此打住。

“好的，玛迎钦。谢谢你啦，你可以回去了！”

玛迎钦走出房间。玛德意首次开始对这座大房子产生了疑惑，也说不清究竟是什么原因。

不管怎样，至此，她所看到的这家人的言语和表情都有点异样，怪怪的。玛德意不再躺在床上，走到了窗户前。

外面下着沥沥淅淅的小雨，大风已停。季风微微吹过宁静的田野，只见片片稻浪波动起伏。

黛色的山峦清晰可见。山脉之上，朵朵白云缓缓飘浮而过。

玛德意大口地呼吸着清新的空气，无意间低头一看，看到这个院子的状况，原来这栋房子是坐南朝北的。

从自己的房间，可以清楚看到南面的田野，据此大体也可推想出房子后面的状况。

她又看了房子的后面，也就是院子的南面部分，是为用人们修建的两排平房，还有水井、水塔、抽水机房等设备。

吴敏凯是一位地道的傍底人，他热爱家乡，不像其他当大官的那样，在地价高昂的仰光、彬乌伦这些地方定居，而是选中故乡惬意地定居下来。

玛德意已经看腻了西方国家的山水风光，因而更加喜爱缅甸的山水大地。对她来说，她已经深深爱上了具有地道缅甸山水风情的傍底，它的河流、山脉、田野等山川景色！

正沉浸在雨中青翠美景中的玛德意，似乎听到了一点脚步声，赶紧侧耳细听。她警觉地注意到，脚步声是一种故意蹑手蹑脚压低声音的那种，而且是走几步又停住。此种故意压低声音的脚步，就在她的房门口停住了。

此时，有人从门外轻轻地转动玛德意的门把，轻轻推开了房门。

“谁呀？玛迎钦吗？”

当玛德意一发出询问声后，门又被惊慌失措地关上，并传来了快速跑离、下楼的脚步声。

玛德意走到门边，打开房门向外张望。只见门外过道拐弯处一个人影一闪而过。

玛德意想跟过去，犹豫了一下，又回到房间。

玛德意从手提包里取出一把银白色的迷你手枪。这是她要从美国回国时，看到它很漂亮，就买下的一把袖珍武器。现在它倒是一件防身之物了。

玛德意静静地等了五分钟左右。

再也没听到任何动静了。于是她把迷你手枪重新放回手提包里。

还得淋浴，更换衣服，等等。

这一回，玛德意真是完全按杜乌的嘱咐做了。在准备洗澡之前，她从室内把房门上的开关摁下，反锁了。

二

到了下午六时，玛德意来到楼下。

吴敏凯还没有回来。雨又下大了，乌云密布，这个下午天空很黑。

玛德意来到客厅，压根儿没见到一个人。起先玛德意想去房后的厨房看看，但是与客厅相邻的另一间房却吸引了玛德意的注意。

显然，那是一间书房。特别引起玛德意注意的是，那房间里有一架钢琴。

玛德意走进了书房。书房的地面铺满地毯，显得整个屋子都很温馨。沿墙壁置放着齐腰高的柚木玻璃书柜，时尚而整洁。

单人沙发、长沙发一应俱全，且都配备了落地灯。四周的大玻璃窗约有三米高，采光非常好，同时还安装了可调节光照亮度、质地上乘的落地窗帘，还安了空调机。从对书房的装饰布置来看，吴敏凯为此颇费了一番心思。

对此，玛德意并不感到意外。已经退休的吴敏凯，是一位大学者，他用英语写作，出版了法律和东南亚政治史方面的著作，且著作颇丰。不言而喻，这间书房将是吴敏凯后半生常来徜徉的世界。

站在“琳德”牌三角钢琴前面，玛德意的眼睛转向钢琴上面墙上挂的一幅照片。一刹那间，玛德意几乎屏住了呼吸！照片看来已有些年头。但照片里那位旧时代装束打扮的姑娘不仅跟自己年龄相仿，而且面容长相酷似自己！几乎到了分不清彼此的地步！

正当玛德意汗毛直竖，怔怔站着时，房门口传来了一串脚步声。玛德意赶紧回过头来看，一时间把她吓惊呆了！

外面天色已暗，书房里的光线暗淡，看不清背对着门口站立的人。只能看出是个高个儿男子。

“你……你……你是哪位？”

玛德意的声音有点颤抖。那人一声不吭，站在那儿一动不动。

玛德意想起来，马上随手把近处电灯开关打开。真是巧，正好是天花板上的吊灯的开关，这一开就照亮了整个房间！

灯光照耀下，房门口那人的形象清晰起来。

他穿着短袖衣和长裤，嘴上留着短须，络腮胡子，显得苍老的脸庞上戴了一副胶质镜框的眼镜。

“你是哪位？”这一次，玛德意以一种镇静的声音发问。

男子颤动着，苍老的脸上露出了一丝笑容，声音平静柔和。

“我叫貌纽迈，意姐！虽然您不认识我，可我就是那个认识您的貌纽迈。”

起初，玛德意不知如何回答才好。眼见是个陌生人，她想着要不要把杜乌或者迎钦叫来。但是，从那人很沉稳的样子，完全看不出会加害于自己。

“你叫哥纽迈，对吗？还有，你认识我？”

男子又苦笑了一下。玛德意警惕地站着，只见他慢慢地向前靠了靠。外面，雨夜中刮着风，风声犹如呻吟，不时传来雨点落在地上的声音。男子眼睛没有看玛德意，而是盯着墙上的照片，自言自语地说：“他们对这幅照片的情况有过多种说法。可我早就知道，照片中的意姐总有一天会出现。在大雨降临之日，意姐必定会回来，看来，真让我说对了。”

玛德意此时一点也不害怕了，还因为他的说法对他逐渐产生了兴趣。玛德意又露出了自然的笑脸，笑着说：

“你说你认识我，那你一定是这个家里的人啦！见到你，很高兴，请坐！”

听这么一说，那人彬彬有礼，在就近的一张沙发上坐了下来。玛德意也就近坐在另一张沙发上。玛德意注视着对方的脸，打量着对方。

由于对方留着胡子，让人感到似乎有把年纪了，靠近后仔细一看，脸相却尚年轻。年纪似乎比自己还小些，怪不得他很敬重地称自己为姐了呢！为了依从他的称呼选择，玛德意随之也改换了对他的称呼，向他发问。

“小弟，你说认识我，是吴敏凯大叔告诉你的吗？”

他摇了摇头。

“谁也没有告诉过我什么。但是，我就是知道了，至于为什么又是如何知道的，说来话长，要讲清楚，恐怕还得写厚厚一大本书呢。”

玛德意猛地一下抬头看了他一眼。他可不是在开玩笑，完全是一副一本正经的样子。

玛德意微微一笑。

“但是，貌纽迈，你说你认识我这一点，是搞错了。这幅照片上的人可不是我呀！”

对她的这个反驳，他似乎早有预料，也不以为意，而是意味深长地点了点头。

“意姐如果不记得的话，我不怪您。人世轮回就会遗忘，也即被人生的雾霾遮掩，遗忘是自然的，您说对不？”

由于他高玄的言辞，玛德意一直抬头看着他。他则继续平静地说下去。

"说起来，遗忘，有时看起来还是件好事啊。有人迷恋地位，迷恋权势，不是吗？与其迷恋不该迷恋的东西，倒不如将它忘得一干二净好些！"

这一次，玛德意以一种既同情又惊讶的眼神注视着他。这时玛德意开始进入了机智观察心灵的心理学学者的角色。

"哎，……那么，貌纽迈究竟是谁呀？"

玛德意反复盯着他的双眼问道。

他发呆了一会儿，之后站起身来说："貌纽迈就是貌纽迈！不可能是他们常说的敏伟。敏伟就是刚才来想开您房门的那个人，我都看到他了。但是，不用担心，意姐，敏伟是一个令人同情的小伙子。"

他起身准备离开。玛德意快速地站起来问："这个叫貌敏伟的又是谁啊？……唔？貌纽迈？"还没得到他的回答，迎钦到房门口了。

"哥！吃饭的时间都过了！"

迎钦的表情，还是如同往常一般，很大胆，叫貌纽迈时口气也很干脆。他回头朝迎钦看了一眼，点点头，然后转身对玛德意说："不管怎样，我很欢迎意姐的到来。就像吴奥巴达写的那样：'祝意姐之旅一切如意、美满！'"说完，他就转身离去。玛德意还在发着呆，半晌才回过神来，想起该叫迎钦了。

"玛迎钦！"

但是，迎钦似乎充耳不闻，她赶在貌纽迈之前，快速离开了。

那天晚上，直到七点开晚饭的时间，仍未见吴敏凯回来。

大餐桌旁，只有玛德意、杜乌和吴翁莱三个人吃饭。司厨是一个二十来岁，英、印、缅混血的年轻男子。晚餐开始前，吴翁莱做了介绍，玛德意才知道大厨的名字叫诺威尔。

很会观察人的玛德意，一眼就看出诺威尔是个忠诚老实的年轻人。

诺威尔在迎钦的协助下摆放餐桌，既是厨师也当服务员，身兼二职，好在做缅甸菜，倒也不费劲。

玛德意在饭桌上，本来有许多问题想要问吴翁莱的，但一来是因身旁有迎钦和诺威尔，二来是出于礼貌，用饭时刻，不该说糟心的事，令人烦恼的问题是不该提及的，鉴于这些原因，玛德意尽量面带笑容，讲一些无关紧要的话题，边吃边聊。

“吴敏凯大叔今晚怕是回不来了吧？”

玛德意提起这个话题。

“会回来的！老师！下午，我跟卑谬那儿通过电话，知道东家已在回傍底的路上。”

“请问傍底离卑谬多远？”

“大约 60 英里，老师！”

“那请问吴敏凯大叔是什么时候离开卑谬的？您可以告诉我吗？”

吴翁莱很明显变了脸色。他也从内心佩服玛德意出众的判断能力，所以她才不愧为女专家哪！

“这个……这个……我……我……嗨！真忘了问啦！老师！”

吴翁莱的表情有点尴尬，也有点语无伦次，不能自圆其说了。

玛德意暗暗好笑。纵然人有男女之别，但是如果心理素质与文化程度两者有差距，那么心理素质优者总能胜出。

“老师和我家东家一定很合得来，彼此很像哟！”

冷场的时候，杜乌啰啰唆唆插进来说了这句话。

“我们很合得来，大婶！我们最初是在外国，在美国认识的呢！”

杜乌皱了皱眉头，想了好一会儿。“噢，对了，阿美……利加……联……合，对吧？”

杜乌一时结巴起来，吴翁莱进来插话了：“什么呀！这个老太婆，什么联……合的！是联合国！”

“不知道呀！名字怪怪的！唉！唉！这个国……国……什么联呀……合呀……”

玛德意努力控制住自己，才做到了不让口中刚喝的汤喷出来。

“对的！大婶！它叫联合国，用缅语说清楚，就是全世界人民联合起来组织的世界性大团体，为普天下人民利益服务的大组织。那时，吴敏凯大叔率领缅甸代表团去参加联合国会议时，我们刚认识。”

“哦，那，那个‘联合’……什么的，那它离缅甸有多远啊？”

“确切的，我也说不好，大婶，大概上万英里呐！”

“那老师，您去那儿干什么呀？”

“去念书啊，大婶！”

“哦！大侄女！……啊！老师！您一个人吗？”

“您想说什么呀？大婶？”

“唔……是说那个……那个……父母、兄弟什么的，没一起去吗？”

玛德意很开心地笑了起来。

“大婶的时代与我们的时代已经大不相同了。大婶！现在，缅甸姑娘已经能很勇敢地走出家门，到万里之遥的地方去上学了。”

“大侄女！哦，老师！”

“您就叫我大侄女好了，我喜欢您这样叫我，大婶！”

“那大侄女就不害怕吗？唔！是啊！大侄女你胆子的确不小，上午就已看出来了！”

杜乌话一说出口，就觉得自己说漏了嘴，马上就不再说下去了。吴翁莱抓住话柄就追问：

“杜乌！老师上午不怕什么呀？”

杜乌一下子答不上来。玛德意就机警地插话打岔说：

“噢，大叔，大婶对我不害怕打雷很惊讶！大婶，再说下去……”

杜乌这才心安了些，轻轻叹了口气。吴翁莱却有些心有不甘，神色不满地抬头瞧着她。

“在外国，几乎所有缅甸人互相都特别亲近，吴敏凯大叔虽是由国家委派去的，是领导人，但特别关照大家不是？我是通过大使吴丹叔叔跟吴敏凯大叔认识的。我对待吴敏凯大叔就像对待自己的父亲那样，吴敏凯大叔也把我当成亲闺女那样疼爱、关心我，也帮助过我。”

“哦，是啊，我们东家常常说起，在那儿吃饭还得自己做呢！”

“是啊，大婶，自己不做就得吃他们做的饭了。他们那儿的饭，可是一点儿都不合我们的胃口，就算是硬着头皮吃吧，价钱还贵得要命。还不只是吃的喝的，方方面面，从洗衣服开始，都是自己亲自动手。说到这里，我想起一位部长曾讲过的话。”

玛德意添了点饭又继续她的话题：

“在那儿，所有需要人动手干的活，工钱都很贵。什么用人啦，司机啦，保姆啦，只有百万富翁才雇用得起。所以，到了那边，无论是部长还是军官、高官，不管他们会不会，都是自己吃的饭自己做，自己的衣服自己洗，都得自己干。有一天，我和我的一位朋友到纽约的一家大旅馆拜访一位住在那儿的缅甸部长。那位部长跟我们开玩笑：‘哎，孩子们！你们要是感到无聊就先看会儿电视吧！我还有点事没做完。唔！要是有电话来，就回话说部长现在没空，要问我在做什么的话，就回答他说：部长正在洗袜子呢！’嗨！这是真的，部长的确是在洗他自己的袜子呢！”

吴翁莱和杜乌都听得开怀大笑起来。

就这样，一饭桌人在很轻松愉快的气氛中吃完了晚饭。接着大家又到客厅吃甜食。玛德意此时才觉得可以从容不迫，问问一些自己想问的情况了。

“吴翁莱，您认为吴敏凯大叔今晚确实会回来吗？”

吴翁莱脸色一沉，好像浑身也有点不自在起来。他看了一下女教师犀利的目光，慢慢悠悠地答道：

“要说实话，我想今天他是回不来了，为了不让您担心，早先我才说了他会回来的。实际上要回来的话，早该在下午五点来钟就回来了。”

“是不是在路上出了什么事？”

“在路上倒也不至于出什么事，汽车也是一辆崭新的维利车，不至于抛锚。会不会是下雨，路被冲坏了，或者是哪一座桥被冲断了，那就不好说了。”

“不管怎样，是让人有点担心，吴翁莱！我想该考虑做点什么才好。”

“是的！刚才我已经跟因码和瑞当的警察局通过电话。要是出了问题，他们会及时来电话通知的。”

玛德意心里真有点不安。杜乌在一旁不出声，只不断用勺从玻璃果盘扻水果吃。

“那么，吴敏凯大叔有没有跟你们说过，他有什么事请我到这里来，你们知道吗？”

吴翁莱和杜乌一时都答不上来，对视了一下，稍后，吴翁莱有点不情愿地慢吞吞地说：“可以说，多多少少也算是知道一些的吧！但是……”

“但是……怎么啦？吴翁莱！”

吴翁莱对于接下去要说的话又很犯难。对此，玛德意就更来了兴趣。吴翁莱长长地叹了口气，解释道：

“真对不住！老师！不便说啊，此事纯粹是我们东家个人的私事，本人不说，我们不想抢先说呀，再说东家也没给我们这个权利啊。”

玛德意依然看着吴翁莱，心想：这个仆人真是一位旧时代遗留下来的人。口风那么紧，已很少见，又是个很负责的忠心耿耿的老家仆！在封建、官僚时代所盛行的那套行为规范已日渐式微的情况下，看起来他的心里还是坚守着对“老东家”的忠诚啊！

但是，对于一位心理学女老师来说，要获得想了解的情况，自有更多招数。玛德意轻轻地放下已吃完的水果盅后，冷不丁发问：

“哪！……貌纽迈是什么人啊？”

没人回答。但是，听到了“丁零当啷”东西滑落的声音。原来是杜乌手中的勺子滑落到近处银盘发出的声音。

吴翁莱皱起眉头扫了一眼杜乌。不知何故老妇人的身子在哆嗦。

吴翁莱转过身来又瞧了一眼玛德意，反问道：

“老师怎么认识貌纽迈的啊？”

玛德意微微一笑。

“我下午已见过他。”

吴翁莱的样子显然受到了震动，转身朝向杜乌，满脸责备之意。之后，又冷静下来，回答玛德意先前的提问：

“貌纽迈是这个家里的一员。老师！”

“貌纽迈本人说了，他是这个家里的成员，这一点，我已经知道。吴翁莱，我想了解的是，他是这个家里的什么人？”

吴翁莱呆呆地，一副巴不得最好赶快从这位女教师面前消失的模样。

“要讲清楚貌纽迈是谁，对您来说有点难以开口，是吗？吴翁莱！”

吴翁莱长叹了口气，摆出已下定决心的样子，抬头看了玛德意一眼。

“既然您已经见过他，我不说也不行了，就说了吧！貌纽迈是东家的外甥！”

“哦！吴敏凯大叔的外甥，那么，这个貌纽迈现在是什么情况？”

玛德意虽然是在问吴翁莱，眼睛却朝杜乌瞄着。只见她浑身不自在的样子，拿起咖啡壶倒起咖啡来。细心的玛德意注意到杜乌的手在哆嗦。

又听到吴翁莱传来了一声叹息。

“不便说哪！老师！我不能告诉你这个貌纽迈现在怎么了，我只能说……”吴翁莱话到嘴边又停住了。

“说吧，那您能说些什么呢？”

“我能说的是……唉！我们东家请您来，可能跟貌纽迈的事有关。”

玛德意点了点头。“好！既然这样，我明白了。但是有件事还想问一下。”

“请讲！老师！”

玛德意微微地朝杜乌斜扫了一眼问道：

“那貌敏伟又是什么人？”

此时，听到了杜乌惊慌失措的喊叫声！

玛德意吃惊地朝杜乌看了一眼。杜乌好像忘了先吹凉咖啡，一下子喝下了烫咖啡被烫着了。打翻的咖啡弄湿了她胸前的衣襟。

“这个老太婆！怎么搞的！你走吧！你在这儿，我们就没法好好说话了。”吴翁莱生气地朝她吼了几句。杜乌垂头丧气，起来转身朝玛德意看了一眼。

“你走吧！去睡觉去！伺候老师有迎钦在，听见了没有？”杜乌没有再说什么，走出了客厅。

玛德意也起身。她已经对这位口风很紧的老头儿失去了耐心。

“您所说的这些都是什么意思啊？吴翁莱！唔？”

双手叉着腰发问的玛德意，好像在盘问一个露出马脚的学生似的。吴翁莱张大了嘴，垂头丧气地看了一眼玛德意，慌慌张张地说：

“对不起！老师，您请先坐下！”

“不用啦，我就站着听好了。吴翁莱您有什么话就说出来！”

吴翁莱一副无奈的模样摇了摇头。

“真没法了，老师！我只好说啦，好吧，老师，您想要知道些什么？”

“首先，吴敏凯大叔急不可耐，又郑重其事地请我来，而且清楚地知道我会在哪一天到达，为什么他要去卑谬？”

“这一点是可以说清楚的，老师！东家一直在做木材生意，老师您知道吗？”

“他跟我说起过。”

“其实，东家并不十分想干这种事，因为是祖宗传下的，还得维持下去。”

“没有其他兄弟姐妹吗？”

“没有，老师！最亲近的亲属就只有貌纽迈了！”

“哦！哦……接着说下去！”

“麻烦的是，现在，做木材生意的人要到叛乱分子控制的地盘去，还得缴纳他们规定的税款和买路费，其中一半给山区丛林里的人，还有一半要给与他们有联系的城里的政治团体。老师您能听懂吗？”

“这我能理解。”

“东家在退休前，这些事从没有亲自做过，所以具体情况并不是很了解。现在情况倒是清楚了。但是作为一个遵纪守法的人，原则上是无法接受这一套做法的。这样，叛乱分子就对东家派到林子去办事的人找碴儿，就这一阵子，东家的一位代理人，被叛乱分子扣押在宝康地区。因为这件事要紧急去处理，所以明知道老师要来，也不得不去了离卑谬十二英里的傍德莱，找经理去了，反正无论如何，今晚肯定是要回来的。”

玛德意思考了一会儿，觉得吴翁莱讲得在理。

“那这件事就先放一边吧，貌纽迈又是怎么回事啊？”

“貌纽迈是东家的亲外甥，这一点我已讲过，我不能再多说什么了。但是，老师您也不必为貌纽迈而忐忑不安，他是一个不会伤害别人的年轻人。”

玛德意愣了一下。对于这句话，她不敢相信，但这事也只能暂时撂一边儿了。

“那么，貌敏伟是什么人哪？”

吴翁莱哭丧着脸，灰心丧气地摇了摇头说：

“怎么您又提起这个貌敏伟来了呢？”

看上去老头儿已经无法应对她了。

“貌敏伟在这儿吗？”

老头儿晃起脑袋来。

“是这样，老师！我敢对菩萨保证：在这个家里，没有一个叫貌敏伟的人，就是在这个世界上也没有，请老师相信！”

这一回，轮到玛德意伤脑筋了。

“在这个家里真的没有貌敏伟吗？”

“没有啊，老师！谁跟您说这个家里有貌敏伟？”

“貌纽迈说的啊！”

“貌纽迈想怎么说就让他说去吧！但是，在见到东家之前，貌纽迈说了些什么，请您别当回事。”

吴翁莱从座位上站了起来。

“最后，我要说一下，请老师原谅我没能给您解释清楚，但是您住在这里完全可以放心，也千万别相信那个疯婆子杜乌的话。什么都别担心，也不会有什么危险发生。这一点，我可以完全负责。”

吴翁莱结束了谈话，敲了一下小锣。跟早晨的情形一样，迎钦闻声过来。

“迎钦，把老师送到她的房间去。还有，听老师的吩咐！”

“是！”

迎钦看着玛德意，玛德意笑了笑，起身朝前走去，迎钦紧随其后。

到了房门口，玛德意本来打算向迎钦打听点什么，可想起下午她故意装作没听见而快步离开的情形，玛德意也就闭口不言了。

“姐姐，还有什么事吩咐的吗？”

迎钦跟进房间，要走前问玛德意。

“没什么事了，玛迎钦！早餐几点钟？”

“早七点整。姐！还有事吗？”

“唔！唔！谢谢！哦！玛迎钦，去看看杜乌，要是她还没睡，就叫她来我这儿一趟，啊！”

“好的。”

迎钦出门后，玛德意把门反锁上。

三

在杜乌没来之前，玛德意打开窗户，欣赏着窗外的夜景，月光皎洁。雨刚停，一轮明月当空，真是个清新美好的夜晚！附着、遗留在树叶、草茎上晶莹剔透的雨珠，闪闪烁烁映射出光芒。

隐隐可看到远处的山峦。原本因风势大而翻卷的稻浪也渐渐平静下来。唯有稻田里的水生动物的鸣叫声，稍稍打破了夜晚的宁静。

听到敲门声。

“哪位？”

“是大婶！大侄女！”

玛德意去开房门。只见那位连自己影子都有些害怕的杜乌，一个人站在门外。

玛德意把杜乌让到了靠窗户的椅子上坐，杜乌有点不愿面朝窗外的样子，改为背对窗户坐，后又觉得不放心，改为侧着身子背对窗户。

“大侄女！干吗老敞着窗户？”

杜乌难以掩饰心中的不悦，问道。

“大婶！换换新鲜空气呀！再说，谁也爬不了这么高！”

玛德意笑着回答道。这时，杜乌看了一下床脚跟——玛德意并没有照着白天她说的话去做。

玛德意一直微笑地注视着杜乌。自幼丧母的玛德意，对像杜乌那样文雅而真切关怀人的年长妇女尤感亲切。而眼前这位老年妇女又像很关心自己的样子。她体会到杜乌的关爱之情，但是还是不明白她所说的担心之事。今晚一定要设法把事情搞个水落石出。

“大侄女！你叫我来有什么事啊？”

“我想问问，那些您不愿当着吴翁莱的面说出的事。大婶！”

杜乌睁大双眼看着玛德意。

“您是不是有点怕吴翁莱啊？”

杜乌脸上的表情，显示出一股不服输的样子：

“我才不怕那家伙呢！但是，对东家还是怕的啦！大侄女，我诚心诚意对你说的话，如你想再转告东家，那是你的事啦！”

“说的是事实，人家去告，有什么好怕的？”

“不是这样！虽然我说的是真话，但麻烦的是东家迷信。”

“吴敏凯大叔怎样迷信了？”

杜乌神情慌张地环顾整个房间。之后她连对自己要说的话都感到恐惧的样子，放低声，悄声说：

“东家可不信有鬼神。”

玛德意尽力忍住笑出声来。

“啊，大婶，您真是的！信那些玩意儿，那才叫迷信哪！”

杜乌皱紧了眉头看着玛德意，什么也没回应。

“等一等！大婶，您信吗？”

“菩萨保佑！是问我信不信，是吧？哎！怎么能不信呢？妖魔鬼魅，来世今生都有啊！”

玛德意对杜乌说话的样子感到好笑：“大婶，您刚才说的鬼神，您真的见过吗？”

“哪能真真切切地看到呀！但一闪而过的影儿是见过的。至于声响，那完全是亲耳听到过的。”

“在哪儿听到过呢？”

杜乌睁圆着双眼朝窗外看，手指向院子里的一个地方。

“罪过，罪过，那儿！就是那儿！”

顺着杜乌手指方向望去，玛德意只见院子边缘有一片树木。

“是在几棵树那里吗？”

“不！在树桩那儿！”

“什么？”

“在那儿有个树桩，哎哟！……说着说着，鸡皮疙瘩都起来了！”

杜乌真的显出一副浑身冒冷汗恐惧的模样。

“您说的那个树桩，就是指树根部残剩的那段吗？”

“是的。”

“那，大婶，您是怎么听到的，又听到了怎么样的声响啊？”

“就是那个迎钦呗！那小姑娘，有一天晚上突然不见了！我只好在深更半夜去找她。到了那儿附近，听到了嘻笑声，是女孩子的声音！我以为是迎钦，就急着往前走去，嗨，身后砰的一声……”。

杜乌突然停住不说话。

“大婶背上挨打了？”

“不是的，哎哟，我的妈！要是背上被打了，我就没命啦！是敲打地面的声音。”

“那后来呢？”

“我当时还没太惊慌，但是马上就听到有声音。”

“什么声音？大婶！”

“呻吟，呻吟的声音。然后又是哭声，号啕大哭的声音！”

“大婶，没看见人吗？”

“哎哟！……怎么看得到呢！一下子吓得往回跑，都不知道是怎么跑回自己房间的。”

“那迎钦呢？”

“那小姑娘自己已回到家。问她去了哪儿，她说：‘住后面那排平房的诺威尔的妈妈肚子胀气，去给她按摩了。’”

“大婶，您怎么没先去那排平房看看，而先去了那个地方呢？”

杜乌抓抓脑袋，看上去心里好像一团乱麻。

“先是想去后面那排平房的，可在那儿看到人影了。”

“什么人影啊？”

“哦！……影子，人影呗！”

玛德意又笑了。

“只是听到了哭声，大婶您怎么就跑了呢？可能是有人在哭呢！”

“哦，当然得跑啊！你可不知道这个院子的事情哪。要是遇上了貌敏伟，可怎么办哪！”

“貌敏伟？……”

玛德意收起笑容，眼神严肃地盯着杜乌。那个吴翁莱说世界上根本不存在的貌敏伟，按杜乌的说法，好像还是存在的！

“嗨！大婶！请回答我的问题！这个叫貌敏伟的人是谁啊？什么地方来的？又住在哪儿啊？”

杜乌脸色煞白，朝窗外看了一眼。

“貌敏伟住在残树桩里哪！”

“什么？”

杜乌似乎对坐在窗口感到毛骨悚然，站起身。

“来，大侄女！起来，到这儿来坐。坐在床上说。”

她拉起玛德意的手，让她坐在床边。虽不知是何原因，玛德意只想让杜乌放下心来，便跟着杜乌朝床边走去。坐好以后，杜乌的脸上露出了一种要对她讲一个惊人的秘密的表情。

“大侄女！我现在要告诉你的事，可千万别告诉东家哦！”

杜乌想要说，可又闭上了嘴。

“放心吧！大婶！”

杜乌闭着嘴，像在思考的样子。之后才压低嗓音开始了讲述。

“我东家在盖这个房子之前，这儿原来有一幢老房子，那个老房子是貌敏伟的。”又来了！又是那个貌敏伟！

“等等！大婶，貌敏伟究竟是什么人哪？”

“会说的！貌敏伟的家人买下了这个院子，盖了一栋房，接着家里人一个接一个地死去，最后只剩下那个貌敏伟。”

“怎么都死了呢？”

“而且都是不正常死去的，也就是两年之内，父亲母亲连同子女十个人都死了，这不是太蹊跷了吗？只剩下了貌敏伟。最后死的是貌敏伟的母亲，他母亲临死前才意识到不对劲了。”

“她发现了点什么吗？”

“这个女人去世前约两个月，有一天突然从沉睡中惊醒起来大叫，仆人们围上去后她就说，脚后跟边的柱子上一个长着獠牙、浑身红色的魔鬼样大家伙下来到她的蚊帐内，来吃她的肠子。一开始，以为是做了个噩梦，惊叫起来。还没有等人来，看到那个浑身红色的家伙爬上柱子消失了。哎哟！我的妈！”

杜乌边说边吓得浑身起鸡皮疙瘩。

“两天后那个女人就死了。遗下才八个月大的儿子貌敏伟。后来请了懂行的师父来察看，说房子里有树魔鬼，他们来施行法术，干掉了树魔，事情才平息下去，貌敏伟也因而才能活了下来。”

杜乌的这一番话，使玛德意的兴趣转移到貌敏伟身上了。貌敏伟的堂姐们把他抚养到十九岁。但是，问题是貌敏伟自长大成人起，就喜欢到这棵树下的树桩那儿去。经常夜里在那儿发呆，有时还会哭泣。为此，长辈们做主，打算把同胞姐妹中的一个女孩许配给他。长话短说，就在要成婚的那天晚上，貌敏伟到那树桩边上吊死了。”

“哎哟！真可惜啊！”

杜乌所说的到底有多少是真实的，还不好说，但当作故事来听，也够令人惋惜同情的了。

“都说，这个院子里有个‘宝窟’。有人说貌敏伟是被守财神叫走的。貌敏伟死之后，他的亲属连院带房弃之不要，都搬到靠东边野外的一排平房去了。这个院子从此十多年没有人居住，之后东家买下这个院子，才盖起了现在这栋新楼房。”

杜乌讲完这些后，两人都沉默不语。过了一会儿，玛德意问道：

“听您的说法，貌敏伟并没有消失，到现在他还在这个院子里，对吗？”

“不是道听途说，他真的还在，有人看见了。”

杜乌突然停住不说了。

“有谁见到他啦？杜乌？”

杜乌没回答。玛德意却笑了起来。

“好！您不说，我来说。貌纽迈看见了，对不？”

杜乌瞪大了双眼问：“大侄女你怎么知道的啊？”

“今天下午，貌纽迈对我说的。他说白天的时候，他看到貌敏伟曾来拉开我的房门。”

玛德意的话还没说完，杜乌已经惊慌失措地大叫起来，捂住了双耳。

玛德意起身，走到窗前低头朝下面院子看。只见在树荫的映衬下，月光一片斑驳，偌大的院子好像在晃动。

玛德意从小就不信有鬼神，也不是个怕鬼的人。但是，现在她的心中有点迷茫。

是这座大房子诱惑了自己。玛德意心里明白，也清楚自己不会被这种迷惑打败。我一定能打赢这座房子，反正不是房子打败我，就是我打赢这座房子。

玛德意拿定了主意，重新坐回到杜乌身旁。

“杜乌大婶！您听到那些声音的那会儿，还没有那块袈裟布？”

“哦！还没有呢！那时，东家和貌山久还没去掸邦呢！”

玛德意微微笑了笑。

“那……那就好啦！杜乌您现在不是已经有了那个神通广大的‘压邪物’了吗？那还怕什么！跟我走，咱俩一起去院子里散散步！”

“哦……那怎么行啊！”

玛德意拉着半推半就的杜乌，又顺手从箱子里取出一件外套，用外套和手提包捂着，偷偷掏出那把袖珍手枪，避开杜乌的目光，把手枪放到里面衣服的口袋里。穿上外套后，开了房门，叫上杜乌一起走。

“来，走！杜乌大婶！”

“哟！大侄女……你真是的！……”

“那也好，大婶！您不想跟我一起去就留下，我一个人去。”

杜乌吃惊地瞪大双眼。

“一个人去怎么行啊？”

“不行，那大婶我们就一起去。”

杜乌好像遇到了巨大难题似的，最后，摇摇头站起来，勉强跟着走。玛德意锁上房门，与杜乌一起走下楼。走到屋外，杜乌还用手摸了摸头发。

虽然月光不是太亮，但因雨水冲洗，院子里雪白的沙地分外洁净。玛德意注意到，院子比原先想象的要大。如此大的院落，房子又如此宽敞，住的人却寥寥无几，即使没有发生过令人害怕的事情，也会让人感到有些恐惧。

雨夜的风带来了阵阵花香，其中混合了茉莉、栀子、九里香、玫瑰等的花香，混合在一起，越发香气浓郁。

院子里，夜色和光影构成了人间的美景。如此令人向往的自然美景，又如此富裕的这个大院，是什么原因让人感到害怕和恐惧呢？究竟是什么原因呢？

玛德意带着这种思绪来到了茉莉花丛附近的一张长靠背椅旁边。

“大侄女，就在这儿坐一会儿吧！”

虽然杜乌说了，玛德意却没坐下，只是朝杜乌早先指的方向望去。

“我不想坐。大婶！我想到那儿看看！”

“哎哟！……麻烦了！”

“大婶您不敢跟我去也罢，就待在这儿好啦，没关系！”

玛德意继续往前走去。这一次，杜乌留在了后面没一起跟来。玛德意来到了一个有一小片树林的地方。看起来这些树都有些年头儿了，长得并不高，是一些低矮、粗壮的良种芒果树。

来到了此处，才发现原来这个院子地处高坡，那些水田都处于低洼地。就在此时，玛德意听到了一声清脆甜美的女孩子的笑声。她并不感到害怕，但因为是突然间听到的，玛德意哆嗦了一下，停住了脚步。然而，玛德意的这种哆嗦，并没有严重到因此遮蔽自己双眼的地步。

玛德意凝神看前面，就在这一刻，她背后传来一个响亮尖厉而又怪怪的声音。玛德意背靠着一棵芒果树，转身向后看去，结果并没看到什么，只看到一片墨绿色叶子的铁力木树丛。

再定神看时，玛德意又想起刚才看到的模糊物体，可再回头看时那个物体却不见踪影了。

杜乌不知是担心玛德意还是她自己有点害怕，跑到玛德意身边。玛德意示意杜乌别出声，杜乌会意，默不作声。没过多久，一阵号啕大哭声传来，冲破了这个朦胧的雨夜。

杜乌已经吓得瑟瑟发抖。玛德意胸中那颗心脏也剧烈跳动不已。玛德意推开杜乌，一个人毅然决然走向传出声音的地方。这时夜空中乌云飘散，雨已停歇，一轮明月普照大地。

玛德意来到了院子的高坡边缘，看到边缘处有一截被锯断的树桩。高坡之下，一条被明月星光映照而闪烁发光的小河流淌着。

玛德意把手伸进外套衣兜，紧紧握住手枪四处察看。相当长时间已过去了，却再没有一点儿动静。玛德意想转身回到杜乌站立的地方。转身的地方正是有一片铁力木树的地方，此刻赫然发现树荫下站立着一个人！

“谁？……”玛德意虽没掏出那把手枪，但手已伸进衣兜紧紧握住了枪，发问道。

树荫下，有了回音。

“是我！意姐！我是貌纽迈呀！”

话音未落，那人从树荫下走出。他的样子还算安详，手中还拿了把小提琴。

“哦！原来是貌纽迈。”

玛德意从衣兜里抽出手时回了话。说话间，杜乌也走近。

“意姐，还没睡啊？”

“没呢！貌纽迈！月光很好，想出来散散步，就到院子里来走走。”

他没马上接话，只是朝高坡尽头边的矮树桩那儿瞟了一眼。随后又回头对玛德意以提醒的口气说：“散步别来这里，意姐！来，去那边，景色更美！”

有了他的引荐，玛德意便由他领着路，跟随其后。

在铁力木树丛的另一边，有五彩缤纷的花圃。有变叶木、茉莉花，等等，真是院子里一处景色美丽的地方。在花圃一旁，两人坐在了一张白色靠背长椅上。后面跟上来的杜乌见此状，没敢一起坐下，就站立在一旁。

“嗨！杜乌！你想睡就先去睡你的，一会儿看到你，貌敏伟又会找上来！”

这话让杜乌很是忍受不了，可怜的老太婆显然害怕了。玛德意忍不住又说：“哦！杜乌，您要睡就去睡吧，我和貌纽迈有话要说。”

杜乌还有点犹犹豫豫，但最后总算走了。对此，貌纽迈开心地笑了起来。在他这样开怀大笑的时候，玛德意注意到他脸部皮肤白嫩，容光焕发。

“这个老太婆，很是可怜！意姐！”他一边笑，一边下了定论。

“杜乌什么地方令人可怜啦？貌纽迈！”

“杜乌不是胖吗？”

“是啊……”

“再说，她腮帮子鼓鼓的，大凡腮帮子鼓的人都蠢！”

玛德意对他的话，笑也不是不笑也不是，于是抬头看着他。而他却显出像是一个大人怀着爱心给小孩子下断语的那种样子。

“貌纽迈你不拉小提琴吗？”

他皱起眉头朝玛德意瞄了一眼。

“又没下雨！为什么要拉琴啊？”

“你说什么？貌纽迈！”

“我在等着下雨呢！如果下雨，我就可以在雨中边走边随心所欲地拉小提琴了！”

“咦……要在雨中边走边拉琴？……”

玛德意带着惊异的口吻问道。他不知为什么感到好笑，微微一笑。

“是不是因为我总是在雨中边走边拉小提琴，就有人想说我疯了？”

玛德意突然有点发呆，随即发出了悦耳的笑声。

“意姐您笑什么？”

他的语气有些生硬。

玛德意虽收敛了笑容，脸上却仍挂着微笑，正经地直视着对方说：“感到有意思，所以笑了，貌纽迈！”玛德意接着问：“自从初次见到你，又听到你的谈吐，我认为你有令人十分感兴趣的人生观，对吗？”

他满意地笑了。接着他讲他的观点。他说：“所谓正常状态，一般而言，是指反映人类世界的正常状态。对这句话，意姐你是怎么理解的？说此话的人可是联合国教科文组织《科学》杂志主编莫里斯·戈登史密斯（Maurice Goldsmith）啊！有人说一个人的心理，应尽量适应周围世界的规范，不逆反，是正确的态度。但难的是，独立而完全正常的完美世界其实是不存在的。我相信，一个人的世界仅仅是这个人的个人看法认识而已。”

他以教授般的严肃态度进行解释。

“我按照我自己理解的切身经历，营造了一个属于自己的小小世界，我自己的这个小世界与多数人接受的世界生活能够一样吗？您想想吧！如果由于我本身与多数人不同，多数人就认为我是疯子，那么只能说，在哲学方面，他们瞎用了政治民主，他们才是疯子。我一点没有疯，谁敢说我是疯子？”

他说话的模样就像一个左派政治人物，表情还很气愤的样子。

“貌纽迈，你说你营造了一个属于自己的小世界，那么，我想问一个问题，你是如何看待人生的？”

貌纽迈莫名其妙地笑了笑。

“说实话，要是大家彼此不假装，都如实讲心里话，所谓人生，就是一种看法而已，没有多少人明白这一点。我还说过，人们观察世界，观察人生，往往好像戴着眼镜在观察研究——戴着墨镜观察世界，整个世界一片漆黑；戴着黄色眼镜观察世界，那么山山水水以至整个世界就明亮清澈。其含义是一个人的人生，建立在他自己的认识和信仰之上。”

他稍许停顿了一会儿，玛德意原先有点心不在焉，这时变得非常感兴趣了。而貌纽迈的脸看上去重显苍老，接下去说话的声音也显悲伤起来。

“其实，所谓人生就像雨夜的云层，阴沉沉，充斥着忧愁和苦难，也像狂风暴雨的无边海洋，黑暗主宰着一切。但是，懂得了阴沉和黑暗的道理，也就知道了可以怎样对付它们，黑暗退去，光明不是就来到了吗？意姐，您看看每当黑暗过去后的情况。想象一下，每朵云彩周边镶嵌的银色光芒吧！由于人们要争取这种光明的前景，因此它不就成了人们要为之奋斗的人生目标吗？意姐！”

最后，他深深叹了一口气，不说话了。此时，轮到了正在等待说话机会的玛德意，她有好多问题要问。

“嗨，貌纽迈，你对人生的看法和在雨夜中随心所欲地拉小提琴有联系吗？”

貌纽迈看了玛德意一眼，又低头看了一眼手中的小提琴。然后慢慢地站起身来抬头仰望天空，一时没作回答。

乌云随着风势忽高忽低漂浮而过，月光时隐时现。已是夜深人静之时，远处农田里小动物的叫声也显得愈加响亮起来。

他微微笑起来，先是忍住了笑，随后迸发出笑声。此后，又像是一个人自言自语似的，满腹惆怅，一字一句地念叨着。

“雨夜，雨云缥缈，银色的月光，让夜晚变得朦朦胧胧。整个世界，白与黑的光影交错，黑白双色水乳交融，恰如一幅美丽的画卷。此时此刻，在其他季节绝不会有的雨点声，犹如大自然美妙的交响乐曲，时断时续。在无穷无尽旅途的半道，云雾和水汽越过一轮明月。瞬间，五色缤纷弧形的彩虹显现天穹。于是，雨滴随着音乐旋律，轻轻地飘浮，追赶着五彩缤纷的彩虹。这岂不就意味着在寻找那神圣的佛祖三藏经哪！那么，所谓的自由，不就是这种意境吗？不过如此而已罢了，意姐！”

说完话，他脸上没有再现笑容，眼睛直视着玛德意。玛德意注意到他直视的双眼里闪烁着泪花。

此时，天下起了毛毛细雨，玛德意从椅子上起身：

“噢！下雨了！咱们进屋去吧！”

他仰望着天空，身子却没有移动。

“走啊！貌纽迈！进屋去，想拉琴就拉呗，一起进屋吧！”

他摇摇头。不仅摇头，他还怕玛德意会拽他进屋似的，后退了两步。玛德意明白了他的意思，就叹息了一声跟他告别了。

“那也好！貌纽迈！意姐我先走了。晚安！”

雨下得更密了，玛德意只好任其留在外面，一个人跑回了屋里。

回到房间，玛德意擦洗了身子，熄了灯，放下蚊帐，上床准备睡觉。

此时，小提琴声悠悠地飘进了房里。

刚下雨，风还不大，传来了歌声。不是一般的歌曲，而是提琴高手才会驾驭的一首诗歌，声调凄婉、忧伤：

“轮回道……路漫漫。忧伤思虑，人生旅，蒙雾霾……遥不可及……途远长……哭泣、彷徨、欢笑，何时起始，何处是尽头……丛林之角，美景如画……疑虑重重，阴郁闭塞……不顾疲倦，跋涉向前继续迈。”

玛德意想从床上起身，仔细聆听，无奈雨越下越大，风也刮得更猛，提琴声和歌声淹没在风雨声之中。

四

容易早醒的玛德意，第二天清早五点左右就醒来了。

刷牙洗脸过后，玛德意开始每日例行的五戒拜佛之礼，之后起身推开了窗户。

清晨，清新的微风柔柔地飘来，令人神清气爽。

看着刚露出山巅的一缕红色霞光，耳边传来了百鸟悦耳的鸣叫声。玛德意看着冉冉升起的旭日，又诵念了每天早晨要念的消灾经。

这个世界上，有种种不同的观念，过去存在，将来还会存在。然而，慈悲为怀的人间真情却是永恒的。佛陀在讲经时正是颂扬了这种正确而冷静的慈悲之心啊！

玛德意诵念巴利文经文时也在体会其中蕴藏的含义。

“母亲的恩情，超越须弥山恩重如山。儿女，乃母亲的亲生骨肉，无论是丑是美，都是娘身上掉下的肉，母亲把全部的爱给了儿女。她们怀抱幼儿哺乳，给予不计回报、无微不至的照料，甚至不顾自己的性命。因此，应该发扬此种伟大的母爱。”

对于此种母爱，只有当母亲故去，完全失去了此种母爱的人，才能真正理解和珍视啊！

玛德意在结束诵经之后，就去洗了澡。换好衣服，走下楼来。

这座大房子真是太安静了！一应俱全。要让偌大的一个家兴旺和顺起来，到底还缺了些什么呢？

屋子里不见一个人，玛德意就独自一人去了院子。想起昨夜的事，意犹未尽，她就朝高坡边树桩那儿走去。

从高坡边向外望去，是一望无际的平坦田野。玛德意发现，要从高坡边往下走，很不容易。不经意间，她走到了铁力木树丛的附近，发现只有到了那儿，才能看到向坡下走的路。虽说是路，却并非用双脚就能轻而易举走下去。从坡上面的院子里有一条铁管子斜着通到下面的小河，由此也就明白，吴敏凯为何在此小山城里，居然还能装上抽水马桶了。

手紧紧抓住那条铁管往下，就能走到约三米低处的那条小河畔了。玛德意采用此法走到了河边。

那个有残树桩的高坡向外延伸，正好遮住了小河，河水掏空了高坡正下方的土层，以致高坡就好像一个顶棚，遮住了下方。在高坡上根本看不到下方，就算有个人站在下面，别人也是看不见的。

对玛德意而言，她已经解开了谜的一半了。

玛德意沿着小河向南走。小河旁的小路向西拐去。她开始明白，沿着此路走去，就可到达仆人们居住的那排平房。

玛德意沿着小路走到不能再向前走，打算返回时，高坡边橡草丛中有人在喊她。

“老师！……您请！”

从橡草丛中走出来的那个人，却完全出乎玛德意的意料，原来是厨师巴德拉·诺威尔。

“哦！诺威尔！早上好！”

“早安！老师！”

诺威尔来到玛德意的身边。玛德意很同情地打量着诺威尔。

“诺威尔！你是有什么特别要紧的话要对我说吗？”

原本垂下眼睑的诺威尔，抬起了头看着玛德意。玛德意从他的眼神中，觉察到一种混杂着歉疚和不好意思的神情。

玛德意微笑着说了句鼓励他的话。

“诺威尔，你有些话不便说出口，是吗？好吧！我先说，我一见到你和玛迎钦就很可亲，看看我能帮上你们什么忙吗？”

诺威尔的脸上马上显现了光彩。

“老师，您一定能帮助我们的！可以帮大忙的！”

“那我该怎样帮助你们呢？”

看样子，诺威尔缅语讲得不流利，英语缅语混着讲。

“老师，昨天夜里您已看到，迎钦与我已相爱了。老师！我是基督天主教徒，而迎钦是佛教徒。我妈不会同意。能说上话并让我妈听从的，只有吴敏凯大叔一人，可是我很害怕吴敏凯大叔。”

玛德意听懂了诺威尔讲的意思，不时点头。

“再说，大叔待迎钦如自己女儿那样，像 adopted 的。”

“像是领养的，养女，是吧？诺威尔。”

“是呀！待她像养女。”

“因此，你们俩就常到这种像是会闹鬼的地方来幽会，是吗？”

“这叫人怎么办呢，老师！家里有老妈，那边的房里还有貌山久，如他来插一脚，事情就更糟了。要是在院子里见面，院子里有杜乌，她是位老处女，才不会有同情心呢。”

玛德意对诺威尔的最后一句话感到好笑。

“那你要我怎样帮忙呢？”

诺威尔一时间难以回答，过了一会儿才请求说：

“不要把我们的事让我妈知道，也别让杜乌知道，也先别告诉大叔。请您同情我们吧！老师！”

玛德意对这样一个忠厚老实的年轻人充满了同情。

“好的，没问题！诺威尔！我答应！你放心吧！我会尽我所能帮助你们的。”

“谢谢老师！”

“啊哦！……那么……你知道貌纽迈的情况吗？”

诺威尔很爽快地回答：“他是一位绅士！一个好人！他一直在房间里写文章呢！”

“他在写些什么呢？”

“长篇大论！老师，我不会用缅语说。”

“他是用英文写的吗？”

“是的，他正在写，说是什么灵魂转世学说的概率论。”

如此宏大的命题！玛德意听了尽量忍住了笑。

“那么，他在哪里吃饭呢？”

“他就在他的房间里吃，是迎钦送去的。”

玛德意稍许想了一会儿，就向诺威尔请求：

“那么，诺威尔！你帮我做一件事，你让玛迎钦去告诉貌纽迈，就说我今天想请他与我一起共进早餐。”

“好的！老师！”

“谢谢你，诺威尔！你可以回去了！”

诺威尔走了。玛德意静静地站立在那里，朝那座大房子望了一眼，她心想，我大概可以降服这栋大房子了！

因为已将近七点了，玛德意从院子往回走，径直去了饭厅。杜乌已在饭厅并把餐桌准备就绪。但杜乌的脸色有点难看。

“啊！大婶！您已经到啦！吴翁莱呢？”

玛德意坐下时问道。

“有一件事想告诉您，大侄女！今天一早，哥翁莱急急忙忙地赶去瑞当啦！”

“去瑞当啦？为什么？”

“东家的汽车，昨晚在大山转弯处，打滑后翻了车，据说现在东家被送进了瑞当的医院里啦！”

“哦！伤得重吗？”

“听说伤倒不太重。正好遇到一辆要去卑谬的军车，就直接把他送到瑞当去了。貌山久倒没受什么伤。东家和哥翁莱今天下午尽量赶回来。”

玛德意听了心里很不好受，就接着又问：

“吴敏凯大叔真的伤势不重吗？”

“说是不重。老师！”

玛德意叹了口气。自她到达这里后，一开始情况就很不顺哪！可是，自己又有什么办法呢！

此时，诺威尔来了。

“老师！他说了，他一定会来。”

“啊，好吧，诺威尔，那你就多准备一个人的早餐吧！”

“我已经准备好了。”

“谢谢！诺威尔！”

“不必客气，老师！”

诺威尔走了。对此一时听不明白的杜乌，只得东看看西瞧瞧，直愣愣地站在那儿。

“哦！大婶！我已经请貌纽迈来一起吃早饭，他也答应了会来的。”

“哦！我的天！他要来啊！”

杜乌的叹气声犹在耳边，门口传来了脚步声。

只见貌纽迈出现在门口。玛德意看到他时，感到有点惊讶。

他身穿短袖白衬衣，腰间围了绿色的曼谷筒裙，络腮胡子刮得干干净净，头发梳理得非常整齐。这样一来，他的脸也顿时变得年轻秀气了。

“早上好！貌纽迈！”

他因突如其来的问候声，先是犹豫不决地看了一下玛德意，之后才平静地回应了一句："早上好！意姐！"他对杜乌斜扫了一眼，坐在与玛德意并排的椅子上。

玛德意抬起头，对站在对面房门口的诺威尔说道："开始上菜吧！诺威尔！那我们先吃些什么啊？"

"有各种果汁，老师！"

"有番茄汁吗？诺威尔！"

"有的，老师！"

"那就给我一杯番茄汁吧！再给我一瓣柠檬，哦！貌纽迈！你喜欢喝什么啊？"

他安静地坐着，看了一眼玛德意。稍作思考后说："意姐喝什么我也喝什么。"

"那好，番茄汁两杯呗！那大婶您呢？"

杜乌嗤之以鼻，晃晃脑袋，回答道："大清早喝这些水呀汁呀的不行！大侄女！等吃了东西后我才喝呢！"

诺威尔走了。

不一会儿，迎钦端来了用玻璃杯装着的番茄汁，因为刚从冰箱里取出来，番茄汁是冰凉的。

玛德意和貌纽迈都在番茄汁中挤了点柠檬汁，果汁充满了香气。在他们喝着果汁的时候，坐在一旁的杜乌，显得心里不高兴的样子。

此后，诺威尔又继续上了一些其他食物。先是稀稀的鸭肉粥，还有黄油、烤面包、果酱等，放在桌子中央，任意自取。

看起来已经很饥饿的杜乌，不言不语，低着头，狼吞虎咽地吃着。貌纽迈只是文静地喝着粥，玛德意把涂好黄油的面包片放到他近处的碟子里。他看了她一眼，没说什么，取了抹上黄油的面包片吃着。

“果酱呢？要不要抹点？貌纽迈？”

他点了点头。

玛德意既像慈母疼爱自己的小儿子，又像姐姐对待小弟弟般地照顾着他吃喝。就在他安静用餐时，玛德意也一边赶紧填饱自己的肚子，一边在观察着他。

他有点害羞的模样，给他什么都安安静静地吃着，仿佛是一个小孩子。时不时地抬头看的眼神，也显出一种满意、开心的神态。

迎钦又拿来了香肠、荷包蛋。

“貌纽迈，你今天能跟姐姐一起来吃早餐，很感谢哦！不然，就我跟杜乌两个人，那就好冷清哟！”

他什么也没回答。

“貌纽迈，平时你一个人吃，是不是感到很冷清啊？”

他抬起了头，慢慢地答道：

“是很冷清啊！但是，吃东西么，又不是为了高兴才吃的啊。”

“虽然吃不是为了高兴，但吃的时候，人快快乐乐的不好吗？”

他微微一笑，随后，一本正经地答道：

“我想快乐！”

玛德意注意到他的话中有话，说：

“那么，以后，你就一直都来跟我一起吃，好吗？”

“意姐，您愿意我来和您一起吃饭吗？”

“哦！当然啦！当然愿意跟你一起吃饭啦！”

玛德意把咖啡添加到他的茶杯里，又把糖罐移到他那边，让他随取随用。

最后，送上来的是熟木瓜。玛德意吃完木瓜，边喝咖啡边又说起了话：“怎样？你来吗？”

“我一定来！”

得到了中意的回答，玛德意满意了。

貌纽迈的样子放松了许多，问玛德意：“一清早看到您在院子里，意姐喜欢散步，是吗？”

“是很喜欢散步啊！貌纽迈，那你呢？……”

“散散步很好，意姐！要是在傍晚散步就更好啦！下午我散步时来叫你，好吗？”

“谢谢你，貌纽迈！意姐一定去！”

吃完早饭后，玛德意与貌纽迈彼此间的关系就更亲近了。

貌纽迈回了自己房间，这时杜乌对玛德意说：“今天早上我看到了两件不寻常的事。”

“什么事啊？”

“一件是，以前要叫貌纽迈跟大家一起吃饭，谁都叫不动他，而现在行了。”

“那还有一件呢？”

“他把一脸胡子刮得干干净净。大侄女，你是怎么做到的啊？”

玛德意嘻嘻一笑，说:“啊哦！大婶，我可啥工作都没做啊！但我看他对我态度友善。”

杜乌没再说什么，只是凝视着玛德意的脸，玛德意突然也意会到了什么，没再接茬。

“那么，大婶，钢琴上方墙上的那幅照片是谁啊？”

杜乌答非所问，却用很肯定的语气说：“这张照片上的人，跟大侄女很像是吗？”

“是啊！大婶！所以我才问你啊！”

杜乌稍作停顿，才回答她的问题。而这个回答，是玛德意万万没想到的。

“这张照片里的人是貌纽迈的妈。”

“啊！……”

“但是，貌纽迈自己却似乎不信。”

“那么，他的妈妈呢？她现在在哪里？”

“过世了！大侄女！”

“哟！”

杜乌也不想继续再说什么，从她身边走开了。

“对此幅照片，人们有各种说法，但我知道，这幅照片里的意姐总有一天会出现的。”

玛德意的耳边似乎又响起了貌纽迈这句话的话音！

对玛德意而言，这句话让她浮想联翩，脑子里又冒出了一个新的想法！

*

玛德意在房间里懒懒散散待着，一上午就这样过去了。像玛德意这样常动脑子思考问题的大学女教师，尤其盼望学校缅历七月空闲的假期。太阳升起又落下，四周环境静悄悄，更让人觉得百无聊赖。但置身于无人打扰、出奇安静的世界里，无所事事却又让人得到另一种享受。

烦恼的是自己为了想休息一下，来到了一个陌生地方的时候，主人总会请你去新奇的地方，展示世界上最新奇的东西。但对玛德意而言，现在喜欢的是世界上最常见的慵懒和睡觉，而主人并不知道。

不过，现在玛德意倒是喜爱上了这栋大房子。它让人操心又百思不得其解，犹如猜不透的谜一般。然而，这些事情的背后又似另有玄机。想解开这个谜，无疑需要思索、劳神。如若自己不想劳神，当然也没有人会来打扰，这大概就是所谓的自由自在吧！

而玛德意明白，这种自由自在的时间不会很久，只要吴敏凯一回来，有待解决的问题就会到来。到了那时候，伤脑筋的事说不定会一大堆、一大堆地出现呢！

所以，玛德意在目前情况下，先把那些伤脑筋的事，一概置之脑后，躺在床上，只顾蒙头大睡。

中午十二点，吃午饭。下午三点，喝午茶。这一整天都没什么事。要说有什么事，也就是这两次吃饭，貌纽迈信守诺言，准时准点来一起用餐。她注意到貌纽迈还是像早晨一样，在谈话中从不涉及有关他的舅舅吴敏凯的事。

由于上午已睡过一觉，午茶以后，玛德意感到神清气爽。精力充沛了，心情就格外轻松愉悦。她在书桌旁坐了下来，开始写信。

“哥敏伦，”玛德意写的信，是这样开的头。

“德在火车上给你写的信，想必已经收到。我怕你埋怨我事先没告诉一声就走了，才提笔给你写信的。倒也不想一五一十都禀告。现在，我已经顺利到了吴敏凯大叔的家了。但吴敏凯大叔并不在家。吴敏凯大叔的家很大，从楼上可以瞭望到周边大片的稻田和远处岱色的山峦。景色很美啊，哥敏伦！那曾是我在梦境中才见到过的那种乡间别墅。但是，我还遇上了比梦境里更新奇有趣的事。我以后会告诉你的。”

玛德意接着就写了在大宅院中所有前前后后遇到的事。在信的末尾，又嘱咐了一句：“德在这里的所见所闻就是这些，你可不用为我瞎操心啊！不管怎样，我大概在这儿待的时间会长些。

我还没看到你导演的第一部故事片——《嫔》，真有点遗憾哪！我也相信就像你说的那样，哥敏伦的嫔是一个艺术天赋很全面的人，相信她在电影方面也会成功。哥敏伦，我真心预祝你们成功！”

玛德意的信还没写完，就从头读了一遍，特别是信的最后部分，检查一下有没有露出女人心灵深处容易产生的嫉妒心之类的言辞。

玛德意一直提醒自己是一个女性，并为自己是个女性而自豪。她总是要求自己尽量保持女性特有的庄重情操，同时尽量避免女性特有的软弱缺点。

所以，在原先写的“哥敏伦的嫔”那一行中，将“哥敏伦的”几个字，用浓浓的墨水抹掉。把“真心预祝你成功”中的“真心”两字也删掉。

这么修改了后，玛德意认为信的内容就比较实在、稳重了。所以接着写结尾。

“我理解你和嫔（本书主人公名，缅语意为攀爬的藤蔓植物——译注）的关系问题，我是一片好意啊，哥敏伦！我没有料到，在我来这里之前，就要如你所说的那样，要参与作出抉择。在这出戏中，我不得不成为其中的一个当事人，这对我来说，并非易事。我想，你也一定会理解我的。再说，作为一个心理学者，也让我说一句，要让一个人做出某种决定，也总应是独立自主作出的决定。”

“等我回去后再具体讨论吧。不管怎样，德与哥敏伦从小就要好，也算两小无猜吧！无论发生什么情况，我都会努力做一个真正的好朋友！”

哥敏伦的……

玛德意

玛德意深深吸了口气，将信纸叠好放入信封里。

人么，都会先想到自己。唯有自己的问题才算是问题。这时在玛德意的头脑中，暂时已经忘掉了吴敏凯的问题，以及所谓貌纽迈此人明摆着的问题，还有诺威尔和迎钦的关系问题，等等。

有点心烦意乱的玛德意走到了窗前，又见到了绿色的田野和岱色的山峦。此时此刻才想起与貌纽迈约好要一起散步的事。

玛德意急急忙忙洗澡换衣服，稍作修饰，穿上了自己最喜欢的名牌白色长袖女上衣和蓝色花纹女筒裙。

她低头朝院子里看，只见貌纽迈正拄着手杖走过来。

玛德意微微一笑，照了照镜子，就下了楼。

“貌纽迈！等我好久了吗？”玛德意在他身后高声与他打招呼。

他转身，凝视了一下眼睛清澈、光彩照人的玛德意的脸。如闪电一般，满脸显露出满意和欣赏的表情，但很快又转为阴沉和严肃。

玛德意虽然已注意到了这一切，却依然毫不在意的样子，只是低头看了看手表说：

“我有点迟到了吧！”

这时他一本正经地笑了笑，说了一句玛德意摸不着头脑的话：

“没关系，意姐！迟不迟到没关系，所谓时间是人们认识上的一种误解。”

玛德意抬头瞧着他，他却文静地笑了笑，挥了挥手杖，开始散步，玛德意会意，就迈开了双腿走起来。

两人在院子内，沿着红土路走到院子右侧尽头，再沿着一条小路往下走，一直走到农田边。来到了小河边，貌纽迈在头里继续向沿着紧贴小河且与之并行的一条人行小道一路走去。

“哦……貌纽迈！咱们到田边去吧！”玛德意不想继续跟着他往前走，在一座跨越小河的柚木原木小桥附近停住了脚步。

貌纽迈快速回头，看了一眼玛德意，又看了一眼柚木桥，之后，他明显地吓得浑身哆嗦。

“喔……这怎么行啊！……怎么行啊！……”

玛德意回过头来，惊讶地打量着他。

“怎么可以走过这座桥呢！来，意姐！跟我走吧，去稻田那边。”

玛德意观察着他。他似有无比重要的事情要说的样子。

见此状，玛德意就不再与他继续争执，紧随其后向前走。

这条小路玛德意清晨已经来过，在院子后面。再往前走，那地方就离开小河了，因为那小河拐了个弯，就与路分道扬镳了。继续走了一会儿，正如貌纽迈说的那样，玛德意果然发现他们是在农田一带散步。

田里的稻子已长得很高，几乎达到齐胸的高度。刚刚灌浆的嫩稻穗散发出一股清香，玛德意喜欢这种香气。玛德意和貌纽迈循着田埂一直往前走，来到了一个窝棚前，才停下了脚步。

玛德意边大口呼吸着清新空气，边转身眺望周边的风景。

远处，是一大片平坦广袤的田野，玛德意奇妙地感受到田野的葱绿欲滴。

“意姐喜欢田野吗？”貌纽迈平静地问道。

“喜欢！貌纽迈！跟没有自然景色的大城市相比，田野就是天堂啦！人站在田野上，仰望蓝天，才会感受到一个人多么自由自在，感受到世界的宽广，天地的辽阔。我很喜欢。”

玛德意把心里感受到的，如实告诉他。貌纽迈边听边频频点头，接着下断语说：

“意姐你喜欢宽广和辽阔吧？这么说，那你一定也相信一切都是既无起始也无终结的。所谓起始与终结只是人们的一种看法而已。到了真的理解万事皆空的时候，那也就无所谓起始和终结了。也就可用新的观点来审视所谓的恒久和不恒久的问题了。所谓此生、彼生和往生，就如同被雾濛裹挟而中断的旅程一般，其实它是连接着的。”

玛德意就像一个听不懂教授的未来伦理学的学生一般，眼睛盯着他："貌纽迈，你究竟在说些什么啊？"

他有点不好意思地笑了笑："我想让意姐知道我想说的意思，但是该怎么说呢，人，真是值得同情哪！他们只知道土地，就像刻舟求剑的疯子一般迷信土地，盲目地迷信按数学规则仅等于零的这种自然起源！"他站在田埂上，挥动着手杖进行讲解。

"作为'与土地打交道的人'，思考的是土质的黏合性、温度，就范围而言，有东西南北，上下，远近等问题。而如果忘却土地，从宇宙的角度思考，那就一无所有了。也没有了日出日落，冬去春来，四季轮转，生老病死。与这一切有关联的称谓、记忆错对等的时间也就不存在了。所谓'人生'也只不过是伸直的大拇指与食指之间大家称之为'一挎'这点距离而已。"

他越说越来劲，索性把手中的手杖扔在地上，手舞足蹈，兴奋地说个没完没了。

"有些人眼中只有土地、石块、树木、水、厨房和坟堆等这些东西，我不想与这样的人说话，不想说！以唯心的角度去旅行试试，去火星与去那达林这两个地方，根本不存在距离之差。再想想现在的生活与已过去的生活，或者未来的生活，所谓'时间'也不存在了。"

他看起来已经相当疲倦的样子，大口喘气，不说话了。玛德意却来了兴趣，用心听他讲着。

他重新捡起了手杖，放低了声音，絮叨起来。

"我刚才说的这些，怎么说才能让大家明白呢？要让诺威尔、迎钦这样的孩子们弄明白，或是让杜乌、吴翁莱这些傻乎乎的人弄明白，还有让自名为法官，说是我舅舅的这种居高临下、自命不凡的大家伙也弄明白，我该怎么说才好啊？”

他灰心丧气，摇头嘀咕着。玛德意忍住了笑，问他：

“你讲得太深奥了，我怎么弄得明白啊？”

他注视着玛德意，然后笑着说：

“意姐，你有一双懂得怜悯的眼睛，又有一张富有同情心的笑脸，这些都是理解他人的基础。一旦人生的雾霾退去，意姐你自然就会慢慢明白了。好了，我们该回去了。”

玛德意了然，他邀约自己一起散步，原来就是为了向自己讲授这番道理。

玛德意朝西边望去，看到约一英里外明显在高处的路——仰光—卑谬公路。还可看到横跨公路的桥和铁路桥。

“好啊，回去，貌纽迈！但是，咱们一起去那座大桥看看，然后沿着公路走回去。时间还早着呢。”玛德意站在金黄色的斜阳中，指着漂亮崭新的大桥对他说。

貌纽迈放松了的身子又有力地挺直了，朝大桥方向望了望，回过头来，脸上却没有一点和颜悦色。

“那个地方，我可从来不去！”他斩钉截铁地说。

“可是，我想去……”

“意姐你想去，可是，没时间了！家里人会担心的。再说，他们对我也不放心。你看！杜乌过来了！走，咱们还是回去吧！”

说完，貌纽迈就在前面快步往回走了。

起先，玛德意还呆呆地落在后面，但看到了在远处的杜乌，于是什么也不说，紧随其后往回走。一回到家，不知何故，貌纽迈没有跟玛德意打招呼，就突然消失得无影无踪了。

但是，从杜乌口中，听到了令人欣喜的好消息：今天晚上，吴敏凯要回来了！

因离吃饭的时间还早，玛德意来到书房，在钢琴前坐了下来。昨天，她就想弹琴了。现在外面已是夕阳时分，窗外飘来阵阵花香。玛德意身心投入地弹了起来。起初她试弹了几首流行歌曲，但是弹流行歌曲，一弹起来就会全身都兴奋，无法收敛。玛德意就改弹颂歌，后来开始弹奏“月光”基本曲。

就在此时，朝玛德意一面的落地玻璃门发出了巨大的破裂声！一开始，玛德意吓得哆嗦了！就在这时，看到有砖块接着砸过来。玛德意火冒三丈，马上跑出房间来到院子里。

院子里静悄悄的，不见人影。不罢休的玛德意，又满院子到处找起来。只见貌纽迈从铁力木树丛中走了出来。

“刚才我弹钢琴时，什么人扔砖头来着？貌纽迈！”玛德意哆嗦着身子生气地问。貌纽迈却像一个完全不懂事的人，一本正经地反问：“意姐你弹钢琴，才扔砖头的，哦！这是消灾……是消灾……”

玛德意盯住他，打量着他的脸，他却一脸惊讶不解的表情。

“这院子里，除了你貌纽迈，还有谁啊？”

他用眼神扫了一眼玛德意。之后，脸上露出很不高兴的表情，边摇头边嘀咕起来。

“糟糕啦！……真是糟糕！”

“是什么糟糕啊？……貌纽迈？”

他抬头看着，回答说：“糟糕就是只好叫苦了呗！意姐！”

要是在平时，玛德意会发笑，现在却浑身哆嗦着问：

“貌纽迈，是谁向我扔砖头啊？”

他叹息了一声，两眼朝残树桩的方向瞄了瞄。

“闯祸啦，闯祸啦，真的是闯祸啦。”

玛德意不耐烦了，拽着他的肩膀，摇晃着问：

“你看见扔砖头的人了吗？”

他又叹息了一声，边点头边表示对不起。

“看见了，意姐！但是，请你原谅他吧，意姐！原谅他吧！”

“到底是谁啊？”

他又朝着残树桩的方向望了望。之后，转身面对玛德意，一字一句地回答她：

“貌……敏……伟。”

玛德意猛然转身朝楼房走去，只见惊慌失措的杜乌正站在楼门口。

“是谁拿砖头砸了玻璃门啊？老师！”

落日已西沉，天色开始黑下来。玛德意掂量了一下，该不该说，最后还是说了：

“说是貌……敏……伟……杜乌！”

杜乌睁大了两眼，好像呼吸都停止了。

“杜乌，吓着您了吧？”

好久都讲不出话来的杜乌，好不容易挤出几个字来：

“大侄……侄……侄……女……你弹的曲子……是……是……像那种婚礼曲吧！”

“那又怎么啦？大婶！”

杜乌更加惊恐起来。哆哆嗦嗦地说：

“这……这……怎么……行啊！貌敏伟……哎……就是……婚……婚礼……那天晚上……死……死的……”

杜乌的话还没讲完，玛德意也不想听完。她就又坐回到钢琴旁，更使劲地、大声地弹起了刚才的曲子。她竖起耳朵注意听，会不会再有砖头扔过来。没有！楼内某处传来砰的一声重重的关门声。

玛德意有意从头至尾把曲子弹完，弹到过瘾。

那天晚饭，貌纽迈终于没有如约而至。

五

当晚，八时左右，吴敏凯回到家。

听到汽车声，一直盼望着的玛德意，跑下楼来，在门口见到了吴敏凯。杜乌也跑出来了。

一看到精神矍铄、皮肤白皙的吴敏凯，玛德意立刻有了精神。他不仅外表很精干，而且脸上始终透出一丝怜悯的神情，只要看到这一点，对方就会获得一种愉悦。

吴敏凯的左手缠着绷带，脖子上吊着纱布绷带。

“哦！大叔，您手伤着了吗？吴翁莱说您会好起来的，伤势不重。”

“不重！不重！大侄女，只是擦破了点皮，关节有点扭伤而已。怎么样？大侄女，把你请来了，主人却不在，让你泄气了吧？”

“没有啊！大叔，我可已把这儿当成自己家了，无拘无束住着哪！”

吴敏凯高兴地笑着，与玛德意和杜乌一起走进客厅坐下来。

“哦！……貌山久！把箱子和行李拿到我房间去，你就可以休息去了，听到了吗？”

“好的！”

此时，玛德意才看到了搬行李出去的貌山久，是一个与诺威尔年龄差不多的缅族青年。

等貌山久走了以后，吴敏凯才继续往下说："貌山久开车很是留神，那天晚上，他倒是把车开得挺慢的，是我性急，要想开快些，又加上下雨路滑，才搞成这样了。"

"既然那样，又是晚上时间很晚了，何必还要赶回来！大叔您真是的！"

"唉！大侄女啊，让你一个人在这儿等，我过意不去哪！要说，这条路是经常走的，很熟悉的。今天也本想要早点回来的，就把貌翁莱派到卑谬去了。而这辆车也正好要修一下，这么一来也就天黑了。"

吴敏凯朝杜乌说道："怎么样，玛乌！老师来了之后，又发生过哪些奇奇怪怪的事了吗？"杜乌既心虚，又惶恐不安，一时间找不到适当的话说。

玛德意不得不说话打圆场："杜乌她一直跟我在一起，大叔！没有发生过什么特别的事。"

吴敏凯笑着朝玛德意看了一眼。嘴上不说，但这种眼光显然含有疑问："真是这样吗？"

吴敏凯站了起来。

"那好吧！我也要去歇一会儿了。哦，一会儿，我还有重要的话要跟你说。你要是晚上九点半左右还没休息的话，到我书房来一下，行吧？"

"好，一定来，大叔！我十一点才睡呢！"

“唔！……好的，玛乌！我不吃晚饭了，给我来一杯奶和一点吃的，拿到我房间来吧！”

“好的！”

吴敏凯走了出去。杜乌走近玛德意，事先打招呼似的说：“大侄女啊！我给你讲的那么多的事，可不要随便给别人去讲哦！”

玛德意会意地笑了。

“放心吧！大婶！”

玛德意回到房间后，看了一会儿书。九点半准时下楼走进书房。

外面雨已停，有点闷热，书房里很凉快，原来这儿开了空调。

只见吴敏凯已经端坐在书桌边的转椅上了。

“来，请坐，大侄女！”

吴敏凯手指指附近的一张沙发，欢迎她。不仅房间所有的门都关上了，落地窗帘也都放了下来。

“虽然刚到家，但我有一些私下里的话要跟你说。大侄女！所以把所有的门窗都关了。但那边的一扇门的玻璃破了，明天得问问是怎么一回事。”

玛德意看了一下那扇破玻璃门，也没说什么。随后却只顾对着钢琴上方的照片看了起来。吴敏凯也随着她的目光看了起来。

“大侄女！看了这幅照片，你很惊讶，是吗？”

玛德意点点头。

“要是你知道她是谁，就会更惊讶了。”

“我已经知道她是谁了。大叔！”

对于这个回答，吴敏凯似乎没有料到，又抬头看着照片。

“这么说，你也就理解了，为什么从纽约我遇到你开始，我会跟你那么亲近了！虽然你已知道了这些，但我还是要再给你说一说。照片上的人，是我唯一的妹妹。”

吴敏凯的话音里充满了怀念之情。

“今天我想说的是，我妹妹的悲惨遭遇。”吴敏凯一反平时那种神清气爽的模样，脸部显得苍老颓丧。

“大侄女，你已经见过貌纽迈了吧？”

“貌纽迈已经和我很合得来了！大叔！”

“你觉得貌纽迈怎么样？”

玛德意脸上露出不易察觉的笑意，作为一个心理学学者，不会轻易对一个人下什么结论。

“目前请先别让我对貌纽迈的情况下结论，好吗？大叔！”

吴敏凯点点头。

“说得对，先不让你对他的情况下结论，对吗？那总是有话要说的啰？好啊！那就让我先来说说吧！”吴敏凯停止说话，似乎在考虑着什么后才开口说了。

“貌纽迈是我的亲外甥，这点，你已经知道了吧？”

“是的，这我已经知道了。”

“但是，貌纽迈和我重逢，才刚刚一年左右。”

“您说什么？”

“‘重逢’这样说，说得不对！貌纽迈和我相见才约一年时间。”

“什么？……”

“大叔，您说什么？您以前从不曾见过貌纽迈吗？”

吴敏凯摇了摇头。

“从没见过。我第一次见到他是在仰光大医院，那时，他在医院昏迷不醒，是个病人。”

玛德意来了兴趣，不知不觉身子前倾，专注地听着。

“您说下去！大叔！”

“该说的我都会告诉你的，大侄女！这一回之所以要请你来，就是打算把情况详详细细跟你说了，然后咱们再好好商量商量！”

吴敏凯停住了说话，仰望着钢琴上边墙上的照片，一字一句慢慢诉说起来。

“我曾经有过一个很可爱的妹妹，我也只有这么个妹妹。但这个妹妹不顾父母和所有亲人的反对，用现在的看法而言，就是与地位相差悬殊的一位教音乐的老师私奔了。”

说不清是气愤还是伤心的缘故，吴敏凯的声音有点颤抖。

“出身名门的人家，脾气挺大，也很高傲，无论是我的父母还是我自己，一下子就与这个妹妹断绝了一切关系。更糟糕的是，家里人个个很倔，我的妹妹也同样倔，故意与家里人对着干。”

说到这里，吴敏凯停住，不说话了。

“她……她……一不做二不休，与家里人故意作对到底，索性去当了一个阿迎戏女戏子。她丈夫既是篦琴师，也是导演。”

吴敏凯似乎极力想控制心中的伤感，又停住不说话了。玛德意很理解也很同情地静静听着。

“双方的关系绷得太紧，一下子全断了，到了什么程度呢，干脆连他们到了哪里，又发生了什么情况，完全不知道。事情就这样，经历了战乱，之后缅甸获得独立。再后来，国内又发生叛乱，一年又一年不知不觉地过去了。”

吴敏凯重新恢复平静，说话的声音也恢复到了理性状态。

“大约在五年前，我的内人也过世了，我无儿无女，又厌烦了优越而碌碌无为的生活，于是就萌生了设法去找寻我那唯一的妹妹的想法。结果，妹妹还是没找到，只知道她的丈夫在战争中去世，后来又知道她再婚成家了。在我开始寻找她时，就得知我的妹妹已不在这个人世间了。但是，我打听到她与第一个丈夫生了一个儿子。于是，我又开始去寻找这个外甥。后来，我打听到我的这个外甥学习成绩很拔尖，获奖学金在大学就读，于是我又去那个大学打听，原来是学成后去文学宫工作了。再去文学宫打听时，却因无人知晓而中断了线索。”

玛德意仰视着他。他稍作思索，又接着说：“他确实在文学宫工作过，这是确切的，做过文学宫的编辑。但是，在我去那儿找时，他已不在那儿了。到底他去哪儿了，谁也说不清。也没说是调走了。有一次，我到他租住房屋的房东那儿打听。房东说听说，有人到派出所报告有人失踪了，因为他人是不见了，但在租住房内还留下了一堆衣服等东西。”

玛德意听得非常感兴趣，问道：“那在人失踪之前，他还去过什么地方？又发生过什么事？他有朋友、熟人什么的，都不知道吗？”

“他呢，好像也没有什么很要好的朋友，谁也无法提供什么线索。”

“那后来呢，大叔又有什么情况？”

“就像我刚才说过的，那个在大医院里躺在床上失去知觉的人，就是他。是一个认识他的医学院的学生，认出了他，这才逐步逐步地，消息传到了我这儿。”

“他是怎么到了医院的呢？”

“据医生讲，他是自己上医院来的！”

“是什么病呢？”

“伤寒！”

“啊！啧！啧！啧！……”

“就这样，我花钱把他从慈善性质的病房转到特护病房。唉！病是治好了，可记忆力又丧失了，时至今日，问题一个接一个没完没了。”

“什么！……怎么了？”

“我很认真仔细地调查了解他的身份，文学宫的上级官员和同事们都为他作证。也查了仰光大学档案室，有他的照片、名字、父母姓名等，全部都是对得上的。可现在麻烦的是，他自己却否认大家所公认的他的经历。”

“什么？他自己否认自己的经历？他怎样否认呢？”

“他说他不是貌敏伟！”

这一次，玛德意太惊讶了，惊讶到说不出话来！

貌敏伟！……貌敏伟！这个名字又来了！

“大侄女！你也感到很奇怪，是吧？”

玛德意笑了。

“太奇怪了！大叔！但是，我感到奇怪是另有原因。好了，您接下来要说的话，由我来说，说得对不对，您说了算。”

吴敏凯有点摸不着头脑的样子，抬头看着玛德意。玛德意接着说道：

“貌敏伟争辩说他自己不是貌敏伟，不仅否认，而且对过去身为貌敏伟所经历的事，一概记不得。他说他自己的名字叫貌纽迈，但是，除名字以外，什么也说不上：他从哪里来，过去的经历，父母是谁，有哪些亲戚，这些他统统说不出来，是这样吗？大叔！”

这时，轮到吴敏凯张大嘴巴呆在那里，好一阵子，他才从惊讶中回过神来，发问道：

“对啊！就是如此！大侄女！你是怎么知道的呢？”

玛德意没直接回答吴敏凯的提问，继续说道：“我是怎么知道的，让我等会儿再说。先让我再提个问题，貌纽迈虽然否认他是貌敏伟，但他可从没说不认识貌敏伟，要说到貌敏伟的时候，他也可能会说所谓的貌敏伟好像是个陌生人，又好像是个来世的人。对不对，叔叔？”

此时吴敏凯从座椅上起身，一反平时严肃的模样，高兴得浑身晃动起来。

“对啊！大侄女你说的全都对！我也不再问你是怎么知道的了。现在我相信我的问题只有依靠你才能解决，我的想法没错！”

吴敏凯高兴地说着，一边来来回回在屋里走动着。后来，似乎又想起了什么事，说道：“我把他接到这个家以后，怕发生说不清的复杂情况，就依着他，让家里人都叫他貌纽迈。要不然会说不清的，对吗？所以他本来的名字——貌敏伟，除了大叔我谁都不知道，连貌翁莱都不知道。但是麻烦的是，与这栋大房子的历史有关联的人中，还有一个叫貌敏伟的！”

“这个我已经知道了！”

吴敏凯皱起眉头回头朝她看了看。

“是谁说的？是玛乌跟你说的吧？”

玛德意没回答，默不作声。

吴敏凯很开心的样子，笑道：

“这个玛乌，也真是让人糟心，特别胆小害怕。但偏偏就是这样一个胆小如鼠的人，总会遇上事。”

吴敏凯接着又笑了起来。

“就如大侄女说的那样，貌纽迈按自己的意思解释了貌敏伟，玛乌呢，也以自己的理解相信了。哈哈！”

玛德意也跟着笑了。

“麻烦的是，大叔，杜乌之所以相信，其实还有别的原因。”

吴敏凯又抬头看着她。

“是什么原因啊？大侄女！”

“是什么原因，等会儿再说。但是，让我再问一些问题，好吗？”

“好啊，请问吧！”

“他妈妈再婚时，貌纽……哎……貌敏伟那时多大年龄？”

“这一点我了解得也不太确切，我想大概也就是五六岁吧！”

“那他妈妈去世时他几岁呢？”

“这我倒可以估摸得出来，大概是二十二岁左右！”

“他失踪的时间跟他妈去世的时间相差多久呢？”

“唔，等等！你这么一问我才想起来了，缅历七月、八月、九月……大概相隔两个多月吧！”

玛德意点点头，似乎在深入思考某个问题。

“那他的继父是干什么的呢？您知道吗？”

吴敏凯的脸色不知不觉严肃起来。

“他可不是什么好东西，是个酒鬼，跟那些流氓们厮混。我曾去追踪调查过，他连面都不敢和我见。现在这人还在，又结了婚，住在滚良贡那儿。”

“貌敏伟亲生父亲的脾气怎么样？”

吴敏凯的脸色又转阴沉了。

“据我所知，他是个少言寡语而又生性懦弱的音乐人。”

“按大叔您的说法，貌敏伟是一个缺少朋友的人，是吗？就先不说有什么特别要好的朋友，就是连接近他的人中，比如说同学、同事什么的，一个都没有吗？”

“这倒是有的。在文学宫工作时，就有他大学时的同学：貌温定、貌腊敏。”

“哥温定，皮肤黑黑、厚厚眼镜、大高个儿，身材相当高大的那个吗？”

“是的！大侄女你认识他？”

“他是我的朋友啊！”

玛德意还有要问的，思考了一会儿。

“大叔您是怎么跟他说，才把他叫回来，住在一起的呢？”

吴敏凯连连点头，边踱着步边做解释。

“首先，我把来龙去脉照实给他说了，他对我的话并不认可，但我让他到我这儿来，他倒是答应了。可能是因为：第一，他认为我是他的救命恩人；第二，当时除了跟我走，他没别的去处；第三，哎……他也知道了这个舅舅还是个大作家，一知道这个，他就开始与我进行讨论。”

“你们讨论些什么呢？是讨论无时间概念的性质和人生的意义等吗？”

“说得对，就是谈这些内容。他说他要就有关情况写一篇论文。所以愿意跟我一起住，看来也是为了写论文吧？”

话说到最后，吴敏凯笑了笑，玛德意却笑不出来。

“了解了这些以后，对我来说要思考的问题又增加了许多。说实在的，我初来乍到，什么情况也不知道，对所遇到的事没头没脑的，是有点担心和泄气。但在大叔回来之前，我心里就已明白了，所以就住下来了。现在，我倒很有兴趣，继续做下去，希望能对大叔有所帮助。”

吴敏凯停下脚步，睁大眼睛望了她一眼，意味深长而慎重地问道：“这么说，貌敏伟的病有救了？可以治好的，对吗？大侄女？”

玛德意沉思了好一会儿之后，才问道：“您是问治得好吗，那么，您认为貌敏伟得了什么病呢？”

吴敏凯突然看了一眼玛德意，然后嘴唇有点抖动，想说又没说地僵在那儿。停了有半晌，终于很艰难地蹦出了一句话。

“貌纽迈是得了精神病，唉……疯了！”

吴敏凯痛心疾首，又非常难过地摇着脑袋，在屋子里来来回回踱步，走了几圈后站住，以一种难以掩饰的伤心声音说了此话。

“我是个知识分子，做到司法部长。但是这是一个方面，我不知道该怎么说才好。为了治好貌敏伟的病，几次想过要把他送到精神病院去治。但我想大侄女你一定能理解、同情我的难处。像大叔这样清清白白的家族中，还从未有过一个得这种病的人。如果让大家知道我把貌敏伟送进精神病院治疗了，那可想而知，对我的工作和名声会有多大的不良影响了。再说，大叔祖宗传下来的家业、遗产，真正的继承人只有貌敏伟，可以像模像样地给他成家立业。再三思量之后，我就不想让大家都知道他的病情。”

“大叔讲的意思我明白。不只是缅甸，在世界各地，在涉及心理疾病医院和精神病时，有很多人会担忧和害怕。但是，治疗精神病的医院与普通医院相比，其实是一个十分崇高的社会福利机构。以心理疾病而言，只要是人，或多或少，都脱不了干系，这种病不是什么丢人现眼的病，也不必害怕。不必去责怪有这种看法的人们。为了让人们端正观念，干我们这行的人有义务为此做好宣传教育工作。对于与大叔直接有关的两个问题，我可以做出解答。”

“请讲！大侄女！”

“精神错乱症是否有遗传，至今还没有确切的定论。虽然有一些精神错乱症看来是与家属遗传有关，但究竟是遗传基因的原因，还是亲族婚姻环境的原因，还存在争议。”

“说下去！大侄女！”

“从我初步的判断来看，现在貌敏伟所患的心理疾病不属于精神错乱。”

吴敏凯显出还未听明白的样子，抬头望着她。

“我来给您解释，大多数人理解的所谓精神错乱症，我们所学的心理学和心理医药学院则称之为精神疾病。此病又分两种：一种是因身体缺陷所致的器质性精神失常，另一种是至今尚不知身体在哪方面有缺陷所致的功能性精神失常。无论是哪种情况所致的精神失常，能医治这种疾病的，只有心理疾病医院，别无他处。”

“心理疾病医院真的能救治这种病吗？大侄女？”

“在缅甸，唯一的一所‘小桥精神病医院’，一直不得不在巨大的艰难中苦苦挣扎。无论是老百姓还是一届又一届的政府，都不予认真关注。它的床位、医疗器械、医护人员配备、财政资金等方面，都极度匮乏，令人难以置信。但就是在如此困难的条件下，还是救治了相当高比例的病人。”

“这么说，不是百分之百能治愈啰？是不是？大侄女！”

“是的，不是百分之百能治好。之所以不能做到百分之百，其中也有病人本人的原因。麻烦的是，在我们国家，一旦发现患了这种病，大部分人都会先找‘偏方’，再就是偷偷通过各种渠道找江湖医师，等患者病入膏肓，才送到精神病医院来。”

“真是有意思，教训也值得记取啊！唔，继续说说貌敏伟的病情吧！”

“貌敏伟的病，要先做正规的精神病检查，才能确切了解病情。做这种检查，先要弄清楚他在躯体方面有无缺陷，否则，分明是躯体方面的病，却当成心理疾病去治就不会有效果。”

“哦！这一点我倒是在他出院之前问过医生，经过详细检查，医生说，他大脑和身体各方面都没有毛病。有关的检查报告，你要看，可以给你看。”

“这么说，看来我的初步判断错了。貌敏伟像是得了神经官能症这种心理疾病。”

“我看书也曾看到过‘神经官能症’之类的说法，确切是指什么啊？”

“所谓神经官能症，与刚才提到的‘精神错乱’是不同的，神经官能症是指一般正常人的心理状况出现稍许偏差。换句话说，如果认为原本正常人的内心世界是既充实又平衡的话，那么精神错乱症，就是这种既充实又平衡的统一性完全被打破错位了。神经官能症，指的是这种主要的统一性没有被打破，仅仅是心理构成方面有某种缺损。那么，神经官能症发展严重了，是不是会变成精神错乱症呢？这倒不会。另外，神经官能症既不是遗传所致，也不是人体器质性病变所致。它只是因童年生活受到严重的打击伤害、周围环境的影响以及不幸的遭遇等原因造成的，应该是可以治愈的。”

吴敏凯紧绷的脸松弛下来，开朗起来了。

“大侄女！你说的是什么意思？你是说你能救治貌敏伟，是这样吗？”

“我还不敢这样打包票！大叔！但是，有希望，我只能说到这里为止。其实，我在美国留学时，边学习边实习过。我想告诉您的是，虽然医治人身器官病患的处方药，不分地域到处都可应用，但医治心理疾病的药，是另外一回事，尤其要考虑国家、地域，乃至文化等因素，做到在配方上合乎自然。所谓心理，总的意思是会得益于周围环境、人类社会的改善的影响。作为我个人，这是我遇到的第一位缅甸心理疾病患者。所以我想找比我经验丰富的教授们商量一下，给我点时间好吗？”

玛德意站了起来，天色已较晚。

吴敏凯似乎已明白，不再说话。此后，似乎又想到了什么，问道：“稍等，刚才大侄女你说什么了？……噢！就是与玛乌有关，玛乌……唉！玛乌说的有哪些好相信的？……”

吴敏凯不愧当过司法部长，对讲过的每句话都牢牢记住，玛德意心中对这位司法部长佩服之至，但是要立即回答似乎并不容易。

要回答他，也是迟早的事。于是，她绕着弯先从其他话题开始。

“大叔，诺威尔这个人怎样？”

完全没料到，这句问话，让吴敏凯直愣愣。

“是说诺威尔吗？他是一个老实巴交的、干活养父母的好小伙子啊！”

“是的！那迎钦呢？”

听此言，吴敏凯表情更加复杂。

“迎钦这孩子，把我当成她的父亲一样依赖。她怎么了，大侄女？”

玛德意在考虑该不该说。最后，决定应该说出来。

“年轻人在大人面前不敢讲出来，常常会把小事酿成大事，以致在不该错的事上犯错。大叔您是位法官，一定比我更清楚。我想让大叔您知道，诺威尔和迎钦就是这样的状况。”

玛德意以此为开场白，把昨晚遇见的事以及一早诺威尔又来请求原谅的情况，一五一十全告诉了吴敏凯。

诚如玛德意相信的那样，吴敏凯是个富有同情心和怜悯他人的人。

“唉！真是的！我怎么什么都不知道呢！那好吧！他们的事我会尽力给操办的。放心吧！大侄女！”

在玛德意告别走出房门前，吴敏凯问：

“哈，讲了许多别的事，那貌敏伦他一个人，情况怎么样？他现在身体还好吗？他从苏联回来后我还没见过他呢！”

玛德意面带羞色，一脸绯红，心跳也有点加快。

“哥敏伦挺好的，大叔！还在文化部，最近工作比较忙，他也一直惦记着大叔您哪！”

“噢！……噢……我也真想见见他呢！嗯！嗯！……天色不早了，大侄女你也该歇着了。晚安！”

“晚安！大叔！”

六

时间又过去了两天。这两天没发生什么离奇的事。

貌纽迈每天和玛德意、吴敏凯一起都按时来吃饭。傍晚，貌纽迈也一如既往同玛德意一起散步。每次散步也依然避开那座小桥。

要说有点什么与过去不同的，那就是以往晚上在洒满月光的院子里只有玛德意和貌纽迈，现在则又增加了说起话来没完没了的另外一对。

在吴敏凯的操办下，一过点灯节，迎钦和诺威尔就准备要完婚了。

玛德意收到了哥敏伦的一封回信。吴敏凯的院子门口设了一个邮箱。每天早晨，由貌山久去开信箱取信送来。有什么信要发出去也交由他办。

貌山久皮肤黝黑，脸色总是灰暗而迷茫。看来，这种灰暗和迷茫脸色是生来就如此。但后来从那个爱到处喋喋不休、不把话说给别人听就不罢休的杜乌口中才得知了缘由。

“有这样一种说法：人要是只为自己一个人好，自然会坏了别人的事。这话千真万确！”一天中午，杜乌依老规矩来串门时说。

“哎哟！大婶！您又是从哪儿学来的大道理啊！”

“是貌山久倒霉了呗！”

“他怎么啦？”

“心上人被占，鸡飞蛋打了呗！”

玛德意笑开了。杜乌接着又下了结论说：

“被貌山久像金蛋般捂着的迎钦，却让诺威尔这头金老虎叼走啦！昨晚，貌山久到我这儿来哭了好久，把我都弄伤心了，还陪着哭哪！正如佛陀说过的，与自己心爱的人分离是痛苦的。现在貌山久遭罪了，而他们俩却更兴高采烈了。”

看样子，像是杜乌所说的那样，可怜的貌山久是因为受到此番打击而面带愁容的了。

哥敏伦在信中责怪玛德意事先不言不语一个人就去了傍底。之后，他又大谈特谈第一部影片《婔》的成功情况。玛德意看信后，莫名其妙地自己叹了一口气。

这些日子，天空虽有时乌云密布，但看样子，雨快要收场了。

玛德意去傍底城里著名的佛牙龛礼佛，还去市内逛街、游览。同去的除了貌纽迈还有诺威尔和迎钦。开车的司机不是貌山久，有时候是诺威尔，有时候是貌纽迈。

在她来后的第三天的一个晚上，碰上了一件怪事。那天晚上，月光皎洁，玛德意一个人到院子里散步。走到靠近铁力木树丛附近，听到一个男人的号啕大哭声。玛德意停住脚步，静静倾听，还听到了分明是貌纽迈的说话声。

“嗨！哭吧！山久啊！哭！你想哭就哭吧，我不会劝你别哭的！哭个痛快！但是我想告诉你，在周而复始的人生轮回中，这种苦恼，这种惆怅乃是每个男人都会经受的。这可不是我说的话，这是在有关佛本生经故事剧中就有过的那些话。所以，你就痛痛快快地哭，哭吧！别因为我在，就不哭了，哭！”

玛德意兴趣盎然，想笑又忍住了不敢笑，继续静静地听着。接着又传出了貌山久的哭声。貌纽迈也信守诺言，一句话也不说了。哭声持续了一会儿，渐渐停了。这时又传来貌纽迈的说话声。

“哈！好快啊！你哭够了？”

貌山久没有回答，只听到貌纽迈的说话声。

“哎……不用回答，不想回答就别回答了！眼泪也不是想流就会流出来的！这我懂的。现在咱俩可以说话了吗？”

“唔！好的，老师！”

“迎钦是什么人哪？”

“女人！老师！”

“唔！……对，那杜乌呢？”

“女人！老师！”

“唔！……对！那么现在来到我们家的……那个意姐呢？”

“您说的意姐是谁啊？老师！”

“你也真笨哪！我不是给你说过吗？总有一天照片上的那个女人会来的，就是你总是来给我看她信的。唉！先不谈这个，唔……她是什么人呢？”

“女人啊，老师！”

“嗯……这就对了！那……女人又是什么呢？我是怎么教过你的？”

貌山久没回答。

“回答呀！”

“老师，您说过许多话，我怎么都记得住呢？”

“唉！……就是这个缘故，所以你会哭了呗！记住，所谓女人，她可以是母亲，也可以是老虎，会像母亲那样很体贴入微，也会像老虎那样凶狠无比！你懂吗？”

“是！现在我懂了！”

“唉！你现在才懂！晚啦！早一点明白就好啦！不然的话，你就不会哭啦！你真傻啊！”

玛德意躲在一堆花丛后偷偷看着他们。

貌山久坐在一条长凳上，貌纽迈双手背在后面，像一位正在演讲的教授，不慌不忙踱着步，滔滔不绝演讲起来。

“这样吧，今晚依据你的生活经历，我教给你一首你能懂得的诗吧，跟着我念！”

“好的，老师！”

“女人者，雌性也。”

貌山久虔诚地跟着念。

“女人者，雌性也。”

“没她是天宫，有她燃火焰。”

"所以，没她不好，有她也不好，是吗？老师！"

"你啊，比老师都懂了。你就跟着我念吧！好吗？"

"好，我跟着念！老师！"

"没她是天宫，有她燃火焰。"

"没她是天宫，有她燃火焰。"

"贪欲致轮回，"

"贪欲致轮回，"

"水深火热，不离身。"

"水深火热，不离身。"

"指望又期盼，"

"指望又期盼，"

"不能进天堂。"

"不能进天堂。"

"今世贪欲深，"

"今世贪欲深，"

"未能进天堂。"

"未能进天堂。"

"日子寻常过，"

"日子寻常过，"

"切记避妇人。"

"切记避妇人。"

"好了，好了！就记住这些吧！你可以回去了！你要是还想再哭的话，就接着哭也行！听见吗？千万别窝在心里。”

“唔！老师！”

貌山久走了。只剩下貌纽迈一人。

貌纽迈哈哈大笑起来，但是，笑声中带着一丝苦涩。

过了一会儿，“纽迈教授”自己也号啕大哭起来。

*

第二天一早，玛德意写了四封信，自己开着吴敏凯的汽车去寄信。

其中有两封是寄给仰光大学和曼德勒大学的心理学教授的。第三封是给文学宫的哥温定。最后那封信，照例是写给哥敏伦的。

玛德意回来时，惊奇地发现，吴敏凯正在门口等候她。

“大侄女你去哪儿啦？”

“去邮局寄信了，大叔！”

“哦！你何必自己去投寄呢！让貌山久去办啦！”

玛德意想了一会儿，之后说：

“大叔！我有话想跟您说，咱们到书房里去说行吗？”

进了书房，玛德意问：“大叔，您有相册吗？”

“有啊！怎么啦？？”

“让我看看好吗？”

吴敏凯很快就从一个抽屉里拿出了一本相册递给她。

玛德意打开相册找起来，很快就找到了想要的照片。

吴敏凯把在美国照的相片单独集中在一面上，都是些与朋友们一起游览时的合影照片。照片中也有玛德意与别人合影的相片。其中有一张是她获得博士学位时拍摄的半身大幅照片，寄送给吴敏凯的，上面有自己“德意”的签名。

玛德意把自己的相片和钢琴上面墙上的那幅照片仔细对照着看，两张照片上的人，越看越像了。

玛德意点了一下头，放下了打开的相册。向对自己的行为摸不着头脑的吴敏凯解释道：

“在我来这儿的头一天下午，就是在这个书房里见到貌纽迈，他认得我，连名字都知道。不仅如此，连我要到这儿来，他事先都知道。”

“啊……他怎么知道？”

“现在我已知道答案了，他一定已看过这本相册。”

“这倒有可能，我的相册就这样随便放的。”

“说到事先他知道我要来此的消息，那一定是他了解我与大叔之间的来往信件。”

吴敏凯显出满脸怒容。

“行了！我明白了！一定是貌山久把这些信给他看了。”

“别生貌山久的气，大叔！这些都是普通信件，也没什么特别的秘密。别人看，也就看了罢。他又不是有意撕开信封看的。再说，看来貌纽迈特别会控制貌山久的情绪。”

“那么貌纽迈为什么想看这些信呢？”

“像貌纽迈这样有病态的人，看起来似乎毫不关心外部世界，其实对事事都会产生猜疑，对一丁点儿小事会记得很牢，且会随意解释它们的含义。”

“哦！因此你今天亲自去寄信了，对吗？”

“是的，另外，也不想让他看到回信，特别是我的老师、教授们要给我回信，其中会涉及老师们要给我的建议和指导意见。”

“好的！我想办法悄悄取回在貌山久那儿的邮箱钥匙。”

“您这么做的话，他就会更加起疑心，大叔！没关系，今天我已安排好了，给我的信都先放在邮局，我到时去邮局取就是了。”

吴敏凯有点过意不去的样子，但没有再说什么话。

玛德意又对钢琴那边墙上的照片看了一眼之后问吴敏凯：“这么说，大叔！我与这照片里大叔妹妹的模样究竟有多相像呢？”

“要说像到什么程度，我觉得，我好像又回到了三十多年前在爸爸的书房里，兄妹俩一起说话的场景了。”

玛德意注意到，吴敏凯说话的声音开始有些颤抖。

“如此巧合，令人惊奇，大叔！但任何事情都应往好处想，才好！”

“大侄女，你想说的是什么意思呢？”

“大叔，貌纽迈把过去的事儿几乎忘得一干二净，但是他心中却始终忘不掉与照片主人公一起生活时的感受情况。正是因为有了这些感受的基础，他才愿意跟我交往。我相信，就是这种基础，将成为他生活的希望了。”

吴敏凯看了玛德意一眼，不知是何原因，他看到了玛德意脸上露出一丝心情不安的迹象。

“大侄女，他跟你相处得怎样啊？”

“他已经认定我就是那照片中的人，我就是在大雨滂沱时，从照片中走出来的那个人。”

玛德意的话停顿了一会儿，正在思考最恰当的用词，来描述貌纽迈究竟把自己认作什么样的人。

“请说吧！他认为你究竟是他的什么人呢？”

玛德意叹息了一下，瞥了一眼吴敏凯的脸，他正满怀希望期待着听她讲下去。她又朝着天色乌黑的窗外凝视了一下，才一字一字缓慢地说：

“他认为我是他的姐姐，过去生活中的姐姐！”

*

傍底地区按时进入了风景最优美的缅历七月季节。大风已停息，周边只有微风轻轻荡漾。正是赶上荷花盛开时节，花香随着微风一起，徐徐飘散四溢。

午后明朗蔚蓝色的天空中，些许银光闪闪的星星早早登场，灰绿色的山脉上空，朵朵云彩如棉絮一般白白柔柔。

就这样，祛除百病又充满吉祥的解夏节（缅甸点灯节），开启了一年中新的篇章。

对于玛德意来说，她在国外待了五年多，回国后第一次过节便遇上这个点灯节，更是与众不同。小城坚持缅甸民族传统，依历年惯例举办了盛大的节日活动，玛德意为此满心欢喜，兴奋不已。

月光、星光、灯笼照亮了节日中的傍底镇，玛德意游览时，满脸欣喜的神采。诺威尔和迎钦也是喜上眉梢，就连貌纽迈也开心无比。

令人如此兴高采烈的为期三天的点灯节庆祝活动，转瞬就过去了，真让人感到良辰吉时过于短促了。

还好，吴敏凯家里的喜庆活动尚未结束。点灯节一过，接着就是诺威尔和迎钦的婚庆典礼。无儿无女的吴敏凯，把迎钦的婚事办得就像是嫁自己的亲生闺女一般隆重。

整栋房子和院子专门进行装设布置。所有的亲朋好友都受到邀请。大家喜气洋洋，甚至对老处女杜乌及老光棍儿吴翁莱都戏谑一番。

然而在婚礼之日越来越接近之时，貌纽迈的举止行为发生了变化。一开始，他似乎同大家一样也高高兴兴。到了举办婚礼的前一天，他又一个人躲进自己房间里，闭门不出了。

婚礼的当天早晨他走出了房间，还会见了朋友，不过，他的模样看起来却比露出牙齿强颜欢笑的貌山久更为憔悴。

由于吴敏凯的面子，整个婚礼可谓高朋满座，异常热闹。事事亲力亲为的玛德意更是忙得不亦乐乎。

吴敏凯亲自为新郎新娘主持了婚礼。婚礼一开始，乐队奏起喜庆而热烈的婚礼曲。

突然，玛德意意识到了什么，她大惊失色，赶紧去寻找貌纽迈。宾客们照例仍在叽叽喳喳说着话，也有人在听着乐曲。只见貌纽迈站在门口，眼睛直直地盯着乐队人员。

反应快速、眼睛机敏的玛德意看到，他的全身在哆嗦。她起身快速向他走去。但没料到，他比自己动作更快，在玛德意走出门外时，他已消失得不见踪影。

玛德意已知道楼上靠左边延伸出去的房间，是吴敏凯和貌纽迈的房间。就沿着扶梯上了楼。等到她走到扶梯顶头时，听见一声使劲的关门声。

貌纽迈的房门已关上了。玛德意在房门外竖起耳朵静听。房间里传出摔东西和东西破碎的声响。

玛德意想伸手敲门，却又突然缩回手。只听到房间里传出捶胸顿足、悲伤至极的号啕大哭声。玛德意静静地站着听了一会儿，之后叹了一口气，下了楼。

乐队演奏的歌曲声依然那样喜庆，那样欢快。

“恭祝吉人 xxx 喜结良缘，吉祥如意！”

“xxx 愿南海净土佛光普照，吉祥光大”

是的，这喜庆吉祥的乐曲是为诺威尔和迎钦这对新人而奏的，恐怕不是为关起门来在房间内捶胸号啕大哭的那个人奏的啦！

Chapter 2

第二章

阴沉的夜晚

七

在婚礼仪式结束的那天下午，玛德意没有料到会见到一个人，这个人不是别人，正是哥敏伦。

哥敏伦！……此时此地，她怎么也不会想到会见到哥敏伦！

哥敏伦，皮肤白皙，眼眉俊朗，高鼻梁，长脸形，个子不高不矮，可以称得上是一位美男子。

他两手空空，什么也没带。从衣着上看，不像是远道而来的模样，而像是一个在午后散步时顺道而来的人。

在客厅里跟他相遇，玛德意一开始感到十分意外，一时间不知从何说起。

“德！你没有想到吧？我中午就到了。怕给你带来麻烦，就住在政府招待所。”哥敏伦解释着。

“真没有想到啊！哥敏伦！事先也不说一声，是出差吗？”

哥敏伦摇了摇头。

“是专程来看你的。单位就放一天假。明天就回去。”

“专程来找我，有什么要紧的事吗？哥敏伦？”

哥敏伦先没立刻回答，在房子里边转悠边打量。

“德！吴敏凯大叔在吗？”

“一整个上午都在忙活婚礼，累了，正在休息。你想见他？”

“没关系！德！噢，是谁的婚礼啊？”

“大叔的养女和他的厨师！你说说吧，有什么事要到我这儿来啊？”

哥敏伦注视着玛德意，目光中流露着不满和遗憾。

“说说，为什么要到我这儿来，说吧！”

“你问我为什么来找你，……是吗？你这样问，是不是有点见外哪！德啊！”

玛德意也察觉自己这样问有点不合适，于是露出了微微笑容请他原谅。

“哦！不是我对你见外，我干吗要对你见外呢，我的大爷啊！我是问你急匆匆地赶到我这儿来有什么要紧的事吗？”

此时，哥敏伦才露出了笑容。

“我为什么过来找你，是有好多话要跟你讲。不想在这儿讲，德！咱们出去散散步吧！边走边说！”

玛德意莞尔一笑。从孩提时，在谬玛学校寄宿上学时起，哥敏伦只要有话要讲，就会叫她一起去散步，直到上大学还都是如此。

玛德意本来心里已腻得慌，正巴不得出去走走。

她起身四处看看有没有家里人好讲一声。

玛德意的目光无意间看到楼左边的楼梯台阶。

“哦！……”

不知从什么时候起，貌纽迈就像一尊石头雕像，站在楼梯台阶上，纹丝不动，静静地注视着他们两人。玛德意朝哥敏伦看了一下。哥敏伦的脸部表情瞬间产生多种变化：一开始是惊讶，接着是一副无法想象的模样。

就是那么一小会儿，哥敏伦喊了一声：“哥迪沙！你不是哥迪沙吗？”

一开始，貌纽迈浑身抖动了一下。随即犹如无法抑制怒火一般，从楼梯上冲下来，站在哥敏伦的面前，紧握双拳大吼了起来。

“你是谁？哪儿来的？哼！”

玛德意马上站到他们两人中间，“貌纽迈，这是意姐的朋友！你认错人了吧？”

哥敏伦还未从惊悚中回过神来，往后退了几步。貌纽迈两眼直直地盯着哥敏伦说：“你要是意姐的朋友，那就应该是个好人啰！是好人就别随便瞎喊别人的名字！记住！”

他生硬地甩出这句话后，就旁若无人，径直一人上楼，消失了。哥敏伦此时已不再惊讶，一脸羞愧，脸涨得通红。

“来！哥敏伦！我们边说话边散步去吧！”

听到玛德意的提醒，哥敏伦才跟在她后面走。虽说是跟在她后面走着，却有些心不在焉，陷入了沉思。

玛德意带着哥敏伦沿着往常她和貌纽迈一起散步的那条路，

走了好长一段路，哥敏伦自言自语："没错，肯定没错，哪有长得这么像的！就连双胞胎也不可能这么像！"哥敏伦自己一个人嘟嘟囔囔，玛德意打断了他，插话问："刚才你把貌纽迈叫作哥迪沙，哥迪沙到底是谁啊？"

"哥迪沙就是这个人哪！你来信中提到的貌纽迈，就是他吗？"

"是的，等一等！你先回答我的问题，哥迪沙究竟是谁啊？"

"我要说出来，你会不相信的！"

"什么？"

"这个哥迪沙就是以前婥演的阿迎戏中，做领头丑角的人！"

玛德意惊讶得张大了嘴，目光打量着哥敏伦，突然停住了脚步。

"是婥的阿迎戏班里那个领头的丑角吗？你说的全是真的吗？哥敏伦？"

"我说的全是真的！德！我的眼睛不会看错人的！我跟他很熟啊！"

"你们怎么认识的？"

"我在曼德勒当县长时我们就认识。从那时起他跟婥就要好。哥迪沙就是那个丑角，既演戏，又会编剧！"

"哥敏伦，这对我很重要啊！我缺的就是这重要的一环！你再往下说！"

"据我所知，哥迪沙对婥来说，就如上天赐予的超人一般。

当时的婵还只是个乡村阿迎戏班的女演员而已，自从认识了哥迪沙以后，经他策划和开拓，婵才开始崭露头角。

“婵从国外回来后，进入了电影界。哥迪沙从此消失得无影无踪，不知去向，一下子失踪了。”

玛德意默默地走着，认真听着哥敏伦的讲述。这时哥敏伦不再说下去，停下脚步。他脸上似乎流露出一丝满意的神色，又像是做出了一个决定。

“那好，我明天不走了，我会打电报让婵来。”

“你说什么？你要打电报让婵到这儿来？”

“是的，尽快让她到这儿来。”

“为什么？……”

“要说为什么……”

正性急地说着话的哥敏伦，嗓子一下子哑了。他深深地吸了一口气，平静了下来。

“为什么让她到这儿来，我会给你解释的。来，德！让我们走到大桥再打回转吧。”

玛德意此时才注意到了周围的环境，两人只顾着说话，不知不觉已经走到了大桥附近。玛德意和哥敏伦走上了铁路，踩着枕木走了起来。

到这里，小河河面变宽，河水潺潺地流个不停。铁路和公路并行，铁路桥和公路桥两座桥梁并列跨越了小河。玛德意和哥敏伦走过铁路桥到了小河对岸。公路桥下方附近小村庄的孩子们正在小河里游泳戏水玩耍。人们倚着桥栏杆，有的像是乘凉的人们，有的像是城里来的年轻男女。离桥较远处人较稀少，玛德意和哥敏伦就在铁路铁轨旁找了个坐处席地而坐。

傍晚漫天晚霞，景色优美。处身在如此优美的景色中，眼前的景象却让玛德意产生一丝惆怅。她一眼就看出，那是一座印度人的小型墓地，粉白的墙，陈旧的小亭静静地矗立在那里。离亭子不远处有一个不大的湖，湖面上泛着阵阵细浪。湖岸一边有一棵弯弯的枣树，它的枝干伸向湖面，有的枝条消失在湖水中。刮风时，一些干枯的树叶便会随风飘落到水中。

静静地坐了一会儿之后，哥敏伦先开始说话。

“我和婵的难处，你大略是知道一些的。但是你知道的只是我妈那边的问题，你还不知道婵那儿也有难处，婵那边也很难办。但有时候我也很惊讶，对于一个女人而言，爱情和怜悯，两者孰大孰小呢？你能给我解答吗？”

玛德意没有回答。

“我知道，你是怎么也回答不出这种问题的。你过于注重大脑了，从来没有机会体会过一个人内心深处的感受。”

玛德意突然回头看着哥敏伦。哥敏伦对自己不理解，他从未真正理解过自己……

“我的内心会感受得到，哥敏伦！但我内心的感受并不能主导我的生活，这个问题先放一边。我的事不重要，还是继续谈你的问题吧！”

哥敏伦长叹一口气，继续说。

“婔爱上了我，但是她还爱怜着另一个人，她爱怜的那个人就是哥迪沙。”

玛德意看了看哥敏伦，这目光中充满着同情。

“婔找不到哥迪沙，她就不会与我结婚。虽然婔没有明说这句话，但婔不愧为一个艺术家，她不必表白，就可以让人懂得她的意思，德！”

玛德意没接哥敏伦的话茬，静静地思索了一会儿。过了一会儿才发问：

“那就说明婔对哥迪沙很有感情呗！是吗？哥敏伦！”

哥敏伦没回答她。但是，他的静默无语表明了他已默认了这一点。

“婔是对的，哥敏伦！情感这东西不是想断就断得了的。是啊！要换位思考，为对方想想，她要是知道我对哥敏伦有着很深的感情，她又会有怎样的感受啊？”

哥敏伦惊讶得浑身哆嗦。

“德，你在说些什么啊？”

“我说得很明白，只要是人世间的凡夫俗子都躲不开感情这一关。虽然，追本溯源，“三藏经”中说，爱是情欲，但是就像是花儿一样，虽然都是花儿，但有色泽、形状等的区别。感情也有多种多样的差异。哥敏伦！总不能只用一个爱字去解读一切的感情吧！”

哥敏伦再次吃惊地打量着玛德意。对于玛德意，原来，过去自己对她并不太了解，现在看来更不了解了。

最后，他忍无可忍，站起身子，怒气冲冲地冲着她大声嚷："德！你在说些什么呢！我可不是像你那样，是大学心理学大讲师！也没得过什么专家之类的头衔！我是个多愁善感的人。我也不过是一个有时会使人十分灰心丧气的普通人而已，也从不去区分一个正人君子感受的内涵，而且也不会去区分。"

他使劲爆发式地发泄着并大声吼着。之后，又像一个孩子般地跪坐在玛德意身边，灰心丧气又伤心地问：

"德！你说，我该怎么办才好？你说呀！我该怎么办？我既觉得自己丢脸，又觉得不甘心！你是知道的，我热爱艺术，也很敬重艺术。所以很爱婃，也很敬重她，这是事实。错就错在我爱上了婃，她实在是太可爱了，我无法抗拒她。但有一点我敢凭良心讲，我爱婃是一码事；我把她作为一个艺术家，想尽量扶助她获得成功，这又是另一码事，两者互不关联。可是，现在有人却指责我。"

哥敏伦显出一副非常不服气的样子，似笑非笑。

"我现在当文化部秘书是运气不好。本来是一片好意去帮婃做点事，别人就认为我另有所图，是利用自己的权势企图占有婃。事实上，婃完全可以拒绝我，她只要没见到哥迪沙，她是不会答应别人的。这我又有什么办法呀！"

玛德意叹了口气，只好说出了她本不情愿说出的话。

“我不想教你该怎样做。你经常会问我这该怎么做，那该怎么做什么的，我倒并不因此自以为是，感到自豪。但是……”

“但是，怎么了，德？”

“现在这个事情，变得不一样了。哥敏伦！你还记得吗？上大学那会儿，我决定读文科，你是又想当医生，又想当工程师，还想当编辑。但最后，你又随我读了文科。”

玛德意在回忆叙述学生时代的情况，哥敏伦认真听着，忧伤之感油然而生。

“开始我选读文学硕士学位，觉得有点低人一等，于是我转修心理学硕士学位。当时你呢，是选缅语硕士还是历史学硕士，拿不定主意。是我建议，你才选了缅语硕士。你也成功获得了缅语硕士学位。之后，我选择了在大学当助教。你却又面临是在大学当助教，还是考政府文官，犹犹豫豫。那时我没给你出主意，是你妈给你做的主。”

“德！你为什么再提那些陈年往事啊？”

“该说的就得说说！哥敏伦！现在这个时候，这个年纪，又这般状态，你自己的生活该自己做主了，这一定是最正确的。”

哥敏伦打量着玛德意的脸，好像在问，真是这样吗？打量归打量，但依然不得要领。玛德意双唇紧闭，美丽端庄而令人敬重，从她平静的脸部表情，他猜不透她葫芦里究竟卖的是什么药。

哥敏伦的傲气受到了伤害，他挺起胸脯站起来。

“好啊！那我自己做决定，我尽快叫嫔到这儿来。”

“为什么要把婂叫来啊？”

“得叫她来呀！要把这事儿尽快了结。只要哥敏伦、婂、哥迪沙三个人面对面，一切就都会搞清楚的。”

玛德意也条件反射似的快速站了起来，面对着哥敏伦。

“哥敏伦，婂、哥迪沙可不能一起见面哦！无论如何不能让他们见面！”

“你说什么？德！……”

“哥敏伦、婂、哥迪沙，你们三个人，目前还不可以一起见面，我无论如何不能让你们三个人见面。”

哥敏伦感到太奇怪了，惊讶得什么话都说不出来，只是目光呆呆地直视着玛德意。玛德意换了一种口气，严肃而平静地做了解释。

“貌纽迈，或者是你说的哥迪沙，目前他是我的病人，对他我要负责。我有权决定貌纽迈应该见谁或者不该见谁。我认为现在貌纽迈不应该见婂！”

“你说什么？你不让貌纽迈与婂见面，是吗？”

哥敏伦说话的口气带有讥讽的含义。玛德意的表情非常严肃。玛德意天生带笑的双眼，这时目光犀利，直直地注视着哥敏伦。

“是这样，哥敏伦！我现在说话的身份，既不是你曾经的发小，也不是你妈曾喋喋不休要我同意与你撮合的那个玛德意，而是以心理学讲师、一位医生的身份来说话的。你搞清楚了吗？”

玛德意的声音很坚定，语气也很干脆。

“至于你和我个人之间的事，你、婂和哥迪沙之间个人的事，这些是一码事；玛德意医生和患者貌纽迈的问题又是另一码事。我这样讲，我想你会理解的。所以我要再说一下，这么分开来看，哥敏伦你就会弄明白了。还有，我得再说一下，你、婂和哥迪沙的问题，现在先别扯到貌纽迈那里；说白了，就算你给他讲清楚了，也不会有什么效果的。等到时机成熟，我也会专门安排貌纽迈和婂见面的。即使婂不想见，我也得想方设法让他们见面。怎么样？满意了吧！”

哥敏伦丧气地摇了摇头。

“好吧！就按你的意见办！你这么一说，连我原先来傍底的目的，也不知该怎么说啦！”

玛德意甜甜一笑，说：“哦，原来怎么想，就怎么说呗！”

“我想没必要了吧！不过，你要我说，我一定说。”

“为什么没必要了呢？”

哥敏伦带着叹息声说。

“原先我就是打算来找你的啊！”

“哦，是来找我的！有什么事吗？……”

“收到了你给我的第二封信，我心里就不踏实了，很担心啊！”这些话都是他的肺腑之言。

“一收到你的第三封信，我就赶紧过来了。据说，患心理疾病的人是无法控制的。你会说，现在他不是精神错乱症，是神经官能症。但是即使是神经官能症患者有多么可怕，多么危险，这我在书本里看到过，也在电影里看见过。再说，你又是个女人家，一旦他精神失常，胡来怎么办？我实在是不放心才赶过来的。”

这是诚心诚意，玛德意明白这是实在话。她从心底里感受到了他的这片真心诚意。

“现在你不仅已决定要给他治病，而且很坚决的样子。但是，德啊！这事还是重新考虑考虑吧！”

他又在恳求她。玛德意正在那里发愣。哥敏伦并非多虑。这一点，玛德意很明白。她更清楚治疗心理疾病患者是有风险的。

心中突然萌生出的怜悯，使得哥敏伦双手抓住玛德意的双肩摇晃着叮嘱她：“你就停手吧！德！不要干下去！把刚才我说的话也全忘了吧！那些事，留着以后再说。现在，你跟我一起先回去。把他转到治疗心理疾病的医院去，不好吗！要不然，让你的哪一位教授老师来管他。好吧？”

玛德意静静地听着，半晌没作声，然后，她摇了摇头。

“不行！哥敏伦！你没有弄懂我的目的。这种病在缅甸，我是头一回遇到。所以，我不仅是可以帮助一个人，也是获得了一个非常难得的研究机会，有了一个实践的机会。再说……”

“再说什么？为了什么呢？”

“再说，他当然是可以由别人来医治的，但我先意外地得到了这个机会，而且比别人有着更好的条件，这一点我对你一时还解释不清楚。那么就请你谅解吧！让我继续干我的本行专业！

我对自己的安危一直很注意，不必多担心啦！”

哥敏伦注视着玛德意的双眼，知道自己已无法改变她已做出的决定。

玛德意也转身注视着哥敏伦。哥敏伦背对着公路站起来，目视着他的玛德意，目光越过他的双肩看到了公路大桥。只见在离大桥有一段距离的地方，有一个人一动不动地，目光盯着他们。但就在这一瞬间，他跃入路旁的凹陷地，越过铁路，在一片稻田里消失了。玛德意无意间把哥敏伦放在自己肩上的双手推开，惊恐地瞧着那个人消失的方向。

“发生什么事了？德？看到了什么啊？”

此时，在远处的稻田里，只见在禾苗顶端露出一个人的脑袋在向远处移动，渐行渐远。

“哦！什么事也没有，看到一条大蛇爬过铁路了！”

“大蛇？——在哪儿啊？德！”

“没啦！钻到稻田里面去了，看不见了！好啦，来！我们回去吧！太阳下山了！”

两人一起原路往回走。返回的路上，没有像来时说那么多话。

回到家后哥敏伦进屋跟吴敏凯聊了一会儿。吴敏凯请他吃晚饭，他没有答应，就径自回政府招待所去了。

*

点灯节期间雨停了几天。接着如报复一般，雨狂泻而下。接连几天都是大雨倾盆。月黑风高的日子，闪电将一片漆黑的夜空照得透亮，隆隆的雷鸣声响个不停。

玛德意在她自己房间的书桌边忙碌着。白天忙于婚礼的事。完事后，现在才有时间看那些一早就取回来的信件。是从几位教授那儿来的回信。他们在回信中给出了怎么做的具体细致的指导意见。除了这些具体指导意见，他们还给她寄来了必要时用得上的测试心理状况的器具心理投射测试（T.A.T.）和罗夏（墨迹）测试（Rorschach）。教授们在指导意见的末尾，还附上两点注意事项：一点是，测试器具再好，也比不上一位有实践经验的心理学工作者亲力亲为的调查记录，所以一定要把所有看到的，听到的，一点一滴收集、记录下来；另一点是，心理医生与心理疾病患者性别不同，会面临麻烦，对此要切记在心。教授们还给她寄来了一些有关的书籍、刊物和资料，等等。

玛德意又翻阅了此类患者的病历，尤其是世界著名心理疾病专家莫顿·普林斯（Morton Prince）教授写的、有关一位名叫皮尤查帕（Beauchamp）的患者的病历。还研究了布什（M.B.Buch）医生领导的研究团队的患者病历。又研究了貌纽迈的病历，并且将迄今为止她自己对貌纽迈了解的有关笔记，与上述患者病历进行对比和思考。直到晚上十一时，才从书桌旁起身。无意中瞥了一眼已关闭的玻璃窗外。

急风暴雨已停，乌云开始散去，黑夜中探出身子的弯月，月光有点朦胧。玛德意首先想起哥敏伦以及他今天说过的话，又想到最后他们俩正说着话的时候，那个在远处纹丝不动站着观望，随后又奔跑、消失的貌纽迈。

貌纽迈没下楼来吃晚饭。上半夜刚下雨时，还听到从院子里传来一阵阵小提琴演奏声。玛德意边休息边思考了一些问题。这时听到从楼下急匆匆地跑上楼的脚步声，并听到有人敲自己房门：

“大侄女！大侄女！快开门！快开门！”

是吴敏凯的声音！玛德意急忙打开房门。

门外站着吴敏凯、吴翁莱、貌山久他们三个人。只见貌山久手中有一把被雨水淋得湿漉漉的小提琴。

“怎么啦？大叔！”

她随口问了一下。看到貌山久手里的那把小提琴，她已意识到出了什么事了！

“貌纽迈不见了！”

“什么？……”

“貌纽迈不见了！吃过晚饭后，我带着貌山久一起去了政府招待所，与貌敏伦聊了一会儿。回来在院子门口看到这把小提琴，于是我们就去他房间找他，不见人！现在我们想一起去找他呢！”

玛德意快速活动着身子说：“等等！大叔，我也去！”她很快穿上了外套。楼下人已聚齐，带了手电筒、灯笼等照明用具。

玛德意交代分配了各自的任务。

“貌山久、大叔、吴翁莱去城里找；把吉普车留给我，让诺威尔和迎钦跟我一起去吧！”

两辆车都急速驶出了院子。

玛德意自己开着吉普车快速向城南驶去。几分钟就到了城门口的小桥那边。他们下了车，用手电筒到处寻找起来。天下着蒙蒙细雨，河水湍急。玛德意一伙人走到桥下。

“那儿！老师！那儿！”

迎钦惊慌地叫喊起来。在手电筒的光照下，只见河边的沙滩上，有一个人一动不动地、静静地趴在那里。三人一起朝他跑过去。在手电筒的光照下，正是已经昏迷的貌纽迈。

*

苏醒过来的第二天开始，貌纽迈病情加重。于是请了医生来给他治病。心理医生玛德意老师，这回成了这位病人的护士。这种护理工作，对玛德意是一次极其宝贵的实践机会。

貌纽迈在发烧失去神志时，会梦呓。在他含混不清的话语中，玛德意记下了听得清楚的两句话。

“塔……塔……”

病人开始轻轻地发出呓语声。

“错了！……错了！……”

说这话时，他是在伤心哽咽着，间或大声吼叫。貌纽迈就像得了某种痛不欲生的疾病那样，在床上翻滚，随后就是抽泣。

对于玛德意而言，这些断断续续的话语，简直就是极其宝贵的线索。

“塔……”，“错了！”

“塔”是谁呢？“错了”又是对谁说的呢？是对塔这个人说的，还是对他自己说的？

在此期间，玛德意收到了哥温定的回信。哥温定真够朋友，他把玛德意想了解的有关貌敏伟的情况，尽一切可能调查清楚后，写了这封回信。虽然哥温定花了很大力气打听调查，但因貌敏伟结交的朋友很少，了解内情的人更少，所了解的貌敏伟的一些情况，并没有比玛德意所知道的情况多多少。但是哥温定来信的末尾，有一点提醒：

“虽然貌敏伟朋友寥寥无几，但我想起来，他在学生时代，有过一个要好的女孩子。所谓要好，并不是两人总是形影不离，但是我曾见过他们俩有几次在一起说话，倒也不像是情人的样子。那个女孩现在也不在世了。是在大约三年之前，听说是吃了过量安眠药死的。当时此事在报纸上还刊登了呢！她的名字叫：‘塔’。”

玛德意看完来信，马上朝吴敏凯的书房跑去。

“大叔！请您回答我两个问题，好吗？”

“有什么问题呀？大侄女！”

“第一，貌敏伟和大叔是在哪年哪月见的？第二，貌敏伟又是哪年哪月在文学宫失踪的？”

吴敏凯从抽屉中取出一本日记翻看。

“我是在1960年9月15日见到貌敏伟的。貌敏伟失踪么，从他没去上班的那天起算，应该是在1958年12月10日，为什么呢？因为从11日那天起，他就没有上班了。”

“大叔，您把那些旧报纸给我看看。”

玛德意早知道吴敏凯为了写作做参考，订阅了英文报和缅文报各一份，都收藏着，所以她才这样问。

“你想看哪年哪月的报纸啊？”他问玛德意。

“1958年12月的报纸。”

吴敏凯从一个大柜子里取出了报纸。

玛德意先从缅文报翻查起。12月1日、2日、3日、4日……10日。玛德意仔细地查看每份报纸。在12月11日的那份报纸的一页上，看到一条正是她想要的消息：

“一位女大学生因过量服用安眠药，昏迷不醒，急送大医院，抢救无效，于1958年12月10日晚11点去世。案发地为仰光大学文学院甲班，女生，塔，20岁。”

与玛德意一起看报的吴敏凯抬起头，以不解的神情瞧着她。

“怎么一回事，大侄女？”

玛德意指着报纸上的一处让他看。

“这个姑娘死于1958年12月10日晚上，而貌敏伟失踪之日也是1958年12月10日。您明白了吗？大叔！”

吴敏凯深深地叹了口气，摇摇头。

“似乎有点明白，但情况更复杂了。那天晚上你也跟我讲了哥迪沙和婷的情况。看你现在的所作所为，有点像侦探小说里的情景了。”

玛德意把报纸整理好放回原处后，站起身，认可了他的说法。

“对啊，一样的！一个侦探为了搞清楚一个案子的来龙去脉，先要找到破案的线索。我们为了寻找发病原因，就得找到它蛛丝马迹的起因。”

时间一天天过去，貌纽迈的病情也渐有好转。

貌纽迈大病一场，其主要收获就是，他与玛德意的关系更加亲密起来。玛德意亲自动手喂他吃喝，按时喂他吃药。白天，尤其是中午，为了使他不感到冷清寂寞，还念小说给他听。

初见时他脸上那种傲气和不以为然的神色，现在一扫而光。他说话时，也不像以前那样，摆着教授的模样。

到晚上，玛德意给他掖严毯子时，他总是眼睛一眨不眨，呆呆地看着玛德意。这种眼神就如同一个年幼孩子看着慈母一般。

有时他躺在床上，玛德意会坐在床边同他海阔天空地聊天。不了解情况的人，还以为他们是在随便聊聊，但只有玛德意才知道这一刻是何等重要。就在这种漫不经心聊天的过程中，玛德意努力试图揭开掩盖在貌纽迈潜意识外的那层东西。

貌纽迈在不知不觉中，一点一点回顾了他以前的经历。麻烦的是，他的叙述只能谈到在医院发烧晕倒的情况，在此之前发生的事，他一概记不得了。

就这样，学校的七月假期快要结束，玛德意回学校的日子越来越近。

就在她快离开的时候，玛德意万万没有料到，不经意间的一着，玛德意终于洞悉了貌纽迈过去的生活状况。

八

夏末的雨如告别仪式一般，连着下了三天大雨之后，下起了蒙蒙细雨。玛德意坐在书桌旁，利用心理投射测试和罗夏（墨迹）测试，对照貌纽迈的答题，以及自己在问话中了解到的情况，尝试揭示貌纽迈心理疾病的场景。

现在她自己倒是已弄清楚。但要紧的是，病人自己要真正了解他自己的身世。

晚上十点，脖子有点酸痛，玛德意起身来到窗前，闻到了一股带有雨水味的空气。这是一个缅历七月初的月夜，银色的月光朦朦胧胧，可以隐约看到农田和山脉。自己就要离开这个优美环境回去了！

思忖到这里，才发现自己已对这个大宅院产生了感情。此时此刻，作为心理学老师的玛德意，内心感到惊异和害怕。

“哥敏伦，我的内心是有忍受力的。”这一会儿，她情不自禁，自言自语说出了这句话。现在她自己也惊异于自己内心的忍受力了。玛德意离开窗口，想弹一会儿钢琴，便下了楼。

这时，玛德意才听到了刚才因关紧房门而没能听到的小提琴演奏声。琴声微弱却优雅动听。

貌纽迈坐在书房的一张沙发上，像一个失去意识的人那样，沉醉在小提琴声的召唤之中。琴声抒发了病人内心的痛苦，琴声犹如一个心烦意乱、满腹惆怅的人的呻吟和喃喃自语 。

一见到玛德意，他就放下了小提琴，眼睛一眨不眨地仰视着她，默默无语。

“噢！貌纽迈！你还没睡啊？”

他没有立即回答，脸上似笑非笑，抽搐了一下，摇了摇头。

“怎么能睡啊！要是睡着了，我的状况不就更糟了吗？意姐！对不对？睡着的时候，做起梦来，要是书里的情景，就是我自己，我又会哭啊，到处去找啊，又会很累啊！”

他伤心地说着，玛德意只是静静地听着。

“是的，要说做梦哪，还不是那种好梦。做起梦来，就是哭啊，到处找啊！”

他灰心丧气，又摇头扭脖子，就在这时，玛德意警觉起来。

“貌纽迈在梦里，究竟找什么？为什么哭啊？”

他皱了一下眉头，看了一下玛德意。

“难就难在不知道为什么哪！所以我才说，做梦可不是件好事！”

玛德意微微一笑，把话题岔开，又问起他来。

“刚才貌纽迈说的文章啊，还有书什么的，是什么书啊？”

他没直接回答，伸手在近旁书桌上取出了一本书。

“作家也好，诗人也罢，其实都是些做梦人。他们白天随便看到什么，晚上胡乱做个梦，倒也没有什么关系；可是应该让他们知道，那些偶尔看了他们书中描写梦境的人，会感到震惊不已。喏，就是这本，意姐！我读给你听！”

他翻开书读了起来，朗读了一首诗歌：

密密林间，落叶纷纷，莽莽山野，山峦逶迤。溪水潺潺，悦耳动听，错落有致，景色宜人。

“多么令人怀恋啊！意姐！山花野花奇异，让人心醉！看啊！”

铁力木花，香气四溢。金色紫檀，挺拔大地。幼苗长成，含苞朵朵。簇簇展放，繁茂成林。

他身心投入地朗读着，玛德意瞥了一眼书，原来是缅王朝时代闵拉亚扎觉挺皇帝写的一首古诗。朗读此古诗时，貌纽迈心中究竟是怎样的一种感受呢？

“这些可谓是梦境王国中的新奇版、绝美版，意姐啊！书中还写道，这些景色秀美的丛林中，‘月光之下，一片翠绿，林木摇曳，婀娜多姿，树影婆娑，山泉叮咚’。娇艳无比的乐天女神与她的夫君情意缠绵。多么令人心旷神怡啊！意姐，看呀！”

他兴奋无比，一会儿捧着书朗读，一会儿又进行解释，引起了玛德意的兴趣。

悬崖险壁，攀爬齐登。兄妹两人，牵手而上。兄在前领，妹随其后。希玛瓦山，高入云端。不畏艰险，神圣之旅。登山见洞，同入其内。犹如宫殿，厮守永远。

“嗨！意姐，多么心旷神怡啊，但是，意姐！……”

他歇了一小会儿，又伤感地说：“愉快也好，美好也罢，这只是人生渴望的一种奖励而已，意姐！然而，这位作家在如此拼命表达要争取愉快，争取美好，却为何又如此伤感？意姐，你说呢？”

情深意浓，至亲我妹。怯懦表白，拥肩同行。河滨沙洲，洁白柔软。红颜难留，离别在即。

朗读声渐渐轻微而消失，他把书扔到一旁。一边踱步，一边口中又轻声地发出怨叹：

河滨沙洲，离别在即。

玛德意看了他一眼，就坐到钢琴前的凳子上，打开琴盖，试一试琴音。

玛德意见他似乎不解的样子，又看了他一眼，微微一笑，接着说：

“貌纽迈，在渴望愉快和美好生活的人类中，作家、诗人为什么喜欢吟诵朦胧悲愁的诗篇呢？正如你有一次曾经说过的那样，人生就如雨夜的云层一般，充满阴沉忧愁之气和苦难，所以文学又怎么能摆脱忧愁和苦难呢？作家、诗人吟诗作赋，是想借此寻找摆脱这种忧愁和苦难，何必加以责备呢？我弹一首歌曲，你听听！是一首忧愁缠绵的曲子。然而，在这种忧愁、苦难、黑暗的尽头，就可遥望到一片光明。”

玛德意弹起了钢琴，弹的还是森林、神鸟和大河一类的古典曲调。弹着弹着，暂时忘却了现实生活，音乐把她带入了忧伤的境地。

繁花似锦，欢乐森林，香馥芬芳，花蕊簇簇，xxx，幽兰串串，福运常在 xxx。

窗外月光昏暗，正下着蒙蒙细雨。她全身心投入，边弹边唱，一首接着一首。

褐色鹧鸪，彩云朵朵……乌云遮挡了蔚蓝的天空……

夜晚，除了琴声和雨点声，一片寂静。

丛林深深，香气四溢，芬芳沁人……沙滩……沙滩，星星岛屿，环绕四周，国土之上，寻寻觅觅，前世姻缘，今世相会，神仙伴侣……乐天之神……溪水清清，汇入大河，前世造孽，分离难免。……

不知自己怎么会如此沉醉于又弹又唱，突然有人握住了她的手，她才停了下来。原来是貌纽迈跪在地板上握住了她的手。

“停了吧！不要弹下去了，意姐！如果意姐怜悯我的话，就别弹这首曲子，停了吧！我求你了！”

他央求着。之后，吃力地站起，走到窗口，一动不动地站立着。

“貌纽迈！”

玛德意边叫着他，边走近他身旁。

他却忧伤地、呆呆地看着各色花瓣纷纷飘落在窗外阴暗的空地。此时，风卷着清凉的雨珠刮进窗来。

“你为什么要唱这首曲子？啊？意姐！什么溪水绿，河水清的，什么前世的缘分，今生又别离，是吗？”

他似乎是在自言自语地嘀咕。玛德意抬头惊讶地瞧着他的脸。

在惨淡的光线下，他那俊美而沮丧的脸上，显示出他曾经受过严重的心灵创伤。玛德意心中似乎产生了一种无法言状的痛苦，她的手不由自主、温柔地抓住了他的臂膀。

“意姐！你注意唔！只要一下雨，我就喜欢站到这扇窗边。我知道，不管雨雾会从远方带来多少黑暗，我的身旁一直有姐姐在。但是总有一天……还会跟姐姐离别。哦！总有一天我们会分别，哦！总有一天又要别离！分开了又得寻寻觅觅……又会哭泣……哭泣……”

他似乎无法忍受这心碎之痛，猛地从玛德意手中挣脱出来跑走，玛德意早有警觉，跟随其后过来拉住了他。这样，他脸朝下，整个身子倒向一只沙发，趴着痛哭不已。

起初，玛德意有点不知所措，站了一会儿她才明白，自己作为一个医生，花了几个月的工夫，始终无法解开他的病的起因，现在却无意间发现了。她一句话都没说，只是哆嗦着注视着他。这一刻她内心涌出的怜悯之情，究竟达到了何种程度，连作为一个医生的她也说不清楚了。

过了一会儿，他抬起头双眼仰视着玛德意，虽然双眼噙着泪水，脸上的表情却是镇定的。

“你告诉姐姐吧，貌纽迈，我的弟弟你到底怎么啦？到底发生了什么情况啦？”

他像一个小孩子一般又抬头看着玛德意，并问：“我该怎么说呢？”

“我知道你有话要说，弟弟，你就对姐姐都说了吧！弟弟！”

他又抬头看了看她，动了动嘴唇，却没声音。

“说吧，弟弟！比如……小时候，或者是，就像现在这样下着雨，究竟怎么啦？想说就接着说呀！”

外面下着雨，他望了一眼，之后开始一字一句说道：“我小时候，一天，外面下着雨，是的，是下着雨，我一个人在前屋竹榻上翻滚着身子哭着，就在那个夜晚……就是那个夜晚……那天夜里……夜里……”

说着说着他结巴起来，又停住了。

“说呀，貌纽迈！那个晚上怎么啦？说下去啊！”

他垂下了头，后来细声细气地接着说。

“那天晚上，就是妈妈再婚的那天晚上。是的，我爸没了。我就躺在竹榻上哭着。没有一个人来我身边哄我，安慰我。下过雨后月亮出来了，只听见蛙鸣声和知了叫声。我偷偷起床，不让任何人知道，一个人离家出走了，如果可能的话，我想逃到一个地方，那里没有人认识我，隐姓埋名，成为另一个人。是的，我出逃了！是在一个风雨交加之夜，离家出走的。后来，有人说，那天清晨，在郊外的一条小河的桥头上，发现了我晕倒在那儿，就又把我叫了回来。”

他好像恢复了记忆，一句一句说。说着说着，好像兴奋起来了。

“我的童年从来没有开心的日子。我想，发现我昏迷不醒的人，也许是某地一帮心地很善良的人，富有同情心。一直到我长大，经常产生这种心理。后来上了大学，上了大学……”他又停住了。

“上大学后，又怎么啦？貌纽迈！”

他苦笑了一下。

“上了大学，认识了塔。从认识了塔时起，不知不觉中互相产生了好感。塔对我十分同情，我开始懂得要热爱生活。我们相遇是在图书馆，看书时认识的，好上了。但塔是城里人，坐私家车来上学。而我生活却很苦，连一支好钢笔都买不起。”

他伤心地承认。

“塔和我之间，地位声望有巨大悬殊。但是，我相信，无论如何总会有一天，命运会让我们走到一起的。这一点，我从没对塔当面说过，虽没对她表白过，但她心里也是很清楚的。”

他叹息了一声。

“我获得文学学士学位后，在刚开始有了工作的一个雨季快接近尾声之际，我母亲去世了。我回到了城里，又感到很伤心。丧事办完后的那天夜里，我一个人静静地枯坐在我小时候睡惯了的竹榻上，直到深夜。”

他停止了说话，朝窗外怔怔地看着。

“就像现在差不多，夜间一片惨白色，朦朦胧胧！这雨要下大了才好呢！但是，月光苍白无力，雨是蒙蒙细雨。既不闪电也不刮大风，但那些树就会呻吟起来。它们的呻吟声和蛙鸣声混在一起，不但不感到吵闹，反而提醒人们夜晚更深沉，更静谧。使我感到平静的是，呆呆地看着投射到地上斑驳活动的树影，但是慢慢地我又提心吊胆起来。童年时那天晚上感受到的自卑和焦虑心理又侵袭而来。内心感到犹如黑压压的大雨直泻而下，夜晚的苍白将我的身子紧紧挤压得透不过气来，我顿时失去知觉。当我有点感觉时，发现自己不知怎么搞的又回到了小时候曾到过的桥边。后来，我从床上刚惊醒时，似乎又听到了在梦中听到过、分辨不清的呻吟般的歌声，又像是一些乐曲声，引起了耳朵内的共鸣。”

他稍稍停了一下，又呆怔了一会儿。低声地说：“那时，我突然想起了塔！”

玛德意伤心欲泪地听着，静静地凝视着他。屋外滴滴答答的雨声，使他如戏剧般的经历更加感人。

“我想起塔来了！”

他又苦笑了一下，平静地咕哝着。

“回到仰光，我回避一直想念的塔。其实我最想见她了，却又怕见她。就像令人凄惨的雨夜，一年又一年反复出现一样，我最担惊受怕这种苦难的孽债如轮回般再一次降临。所以我一直回避见塔，想把她忘掉。如可能的话，将遭遇到的一切连同我的这段人生，狠狠心一股脑儿忘得干干净净。可是越是想努力忘掉这段经历，越是记得，更加忘不掉，这不是太苦了吗？”

他又停下不说话，像思考的样子，静默了一会儿。

“说到底，我最怕的是，我越害怕这些事，这些害怕的事就越会降临到我头上。一天，塔把我叫去，我就去了她那儿，就是她住的地方，在东幕新益林荫路。那一次，塔跟我说了许多话，但最后我总算弄懂了她的意思，她就要结婚了。为什么她要告诉我这些呢？再说，她跟我有什么关系啊？我跟她告辞回来后，一宿没睡，也没有回家。就在那年的十二月，大雾弥漫的一天，我漫无目的地走啊走啊！后来……后来……”

他的声音越来越低沉。玛德意吃惊地抬头看他，只见他双手捂着脸痛哭起来。

“那后来怎样了啊？貌纽迈？”

他甩了一下头，把散落到脸上的头发甩到头上，抬着头，面露痛楚地看着玛德意。他一副极其痛苦的面容，显得枯槁和衰老。突然站起来，疯了似的站立在窗口那里，之后，全身哆嗦着回过身子来，面对玛德意。

“后来怎么啦！后来怎么啦！我就是想忘掉这些！不想再记住这些！”

他咬牙切齿地说。

玛德意吃惊地张大了嘴，呆呆地看着他。

他努力控制着自己，双眼朝着天花板，伤心地说：

“塔已经不在了，这世界上已经再没有塔了！意姐！”

“哦！”

其实玛德意已知道事情的结果了，依然感到伤心。

“塔不在了！是吗？貌纽迈！”

他伤心地笑了一笑。

“是的，塔已经不在了！”

他连连摇着头，晃着脖子，嘟囔着说。

“塔已经不在了！”

他只顾接二连三地嘟囔着这句话。

“我和塔分别了才两天，就得知塔吃过量安眠药而昏迷的消息，之后，我不假思索，直奔塔的家。这时塔昏迷已有二十四小时了，她家里挤满了人。但没有人理我，好像谁也没有注意到我。塔像睡着的样子。她躺在床上，喘着大气，如打鼾声一般，我都听见了。后来，为了要让塔醒过来，他们要扶着塔去医院。

塔倒是还能迈步走，但闭着双眼，走路时鼾声如雷。他们一时找不到人把塔送去医院，我自告奋勇跟去医院了。到了医院，医院的门卫和大夫又不准我一起进医院。”

他第二次苦笑了一下。

“那天晚上，一直到半夜，浓雾弥漫，我始终守候在医院前的草坪上。由于漫漫雾气，月光就如雨夜一般，时隐时现。到了后半夜，塔的亲属都从医院出来了。我看到这些亲属中，塔的母亲不停地哭泣着。我此时就像发疯一般，使劲推开要阻止我进去的医院工作人员，径直跑向楼上。幸亏遇到了我的一位朋友，是我同学，他是那家医院的医生。从他那儿得到消息：塔已经离开了这个令人可怖的人世，撒手而去了！”

他咬牙闭嘴，又不说话了。

“从那时起，我再也不清楚自己是如何到了医院的，只记得，在月光下，凤凰木和腊肠树在不停地摇曳。

“它们摇曳的模样就像是在迎接即将来到阴间的鬼魅一般。那时，我的内心感到天都塌下来了，我似乎听到了雨的呢喃之声和蛙鸣声。还出现了我小时候曾去过的小河源头的那座小桥，后来……后来……唉！我怎么啦？……”

他的记忆力好像断了线。

他闭上了双眼。像是费劲地要将记忆从那些黑暗的过去中摆脱出来。

玛德意知道他的难处，就插话进行启发：“后来，貌纽迈就出走了，到了一个很远的地方去了。后来就遇见了婔。不是吗？”

他又睁开了双眼，望着远处，小声念叨着：

“婔……婔……”

“是的，见到了婔，再往下说，跟婔怎么了？”

他的脸上露出一丝笑容。过了好一会儿才慢慢地说：

“是的，见到了婔，见到她后，我感到很饿了，非常非常的饿，婔……婔……她请我吃饭……”

他好像又慢慢恢复了记忆，他重新开始慢慢说话了。他要讲的便是青年阿迎戏演员齐德婔和哥迪沙的这段动人剧情。

Chapter 3

第三章

风 起 云 端

九

当比翁村施主的阿迎戏后台，阿迎戏女主角齐德娪静静地坐在那里发愣。

离接着要上场演戏也就只差个把钟头的时间了。但是，自己这个阿迎戏班的台柱子、主要滑稽演员哥秘达，一早就开始发起烧来，至今昏睡不醒，仍发着烧。

今晚的演出，哥秘达怎么也不能上台了。要是哥秘达不参演，戏就演不成。戏班里虽然还有一个演丑角的齐思雅，但还是个学徒，尚未满师。嗓音也不理想，连唱“昆道曲”都还勉强，还没真正学会抖包袱，只有有了哥秘达的帮衬才行。

这种情况下，自己的舞蹈怎么跳啊？

虽说她也算是大牌演员，知名度高，但如果缺一个好的丑角，戏就热闹不起来，也不圆满。哥秘达经常讲的这些话，齐德娪现在终于明白此话真正的含义了。

就在刚不久，那位有钱的施主已经来过，还凶巴巴地训斥了一通。

那施主粗暴地说了她一通，说他自己不走运，事事不如意。原本这台戏是为他奔天堂才搞的，结果，被这批马虎、不守信用、低贱的人搞砸了。施主骂骂咧咧地走了。

齐德嫔没吭声。定金已拿了，一切花销也已垫付，才来这里演出的。要责怪似乎就只能责怪昨晚喝了一整夜酒、又到处游荡的她的叔叔哥秘达了。

齐德嫔想，凑合着演出吧，就怕坏了自己的名声，名声毁了的话，原本负债累累的戏班就会散伙，大家就都要挨饿了！

她暗自伤心落泪。由于过分灰心丧气，连素婶为她准备的饭菜也没有吃。她背对着饭桌，偷偷流泪。

不知过了多久，听到饭桌上碗碟、勺子的声音。齐德嫔转过身去看了一眼，只见有一个人，正在津津有味、狼吞虎咽地吃着为她准备的饭菜。

齐德嫔吃惊地站在那人身旁。他抬头看了她一眼，继续迫不及待地吃起来。

“喂！你怎么吃我的饭哪？”

他又抬头朝她看了一眼，然后含糊不清地说：“这不是布施人家准备的吗？都做好了，当然可以吃啊！来来来，你要是饿了，不一起来吃？饭菜备得很多啊！”

他一勺又一勺地喝起汤来。

“施主的布施，上午已经结束了。这是专为我准备的饭菜！”

他吃呛了一口饭，咳嗽起来。过了好一会儿，才反问：

“你说的是真的吗？”

“我干吗要骗你啊！”

他停了一会儿。然后去洗了洗手，才慢慢地站起来说：“对不起！我实在是因为太饿了，就走进来吃了。”

他道了歉。齐德娉注意到，他道歉说话的样子彬彬有礼。

“你吃饱了吗？可以继续吃啊！即使你不吃，今晚我也不会吃这顿晚饭了。”

“是因为我吃过了，你就嫌脏了，对吗？”

“哦！……哦！不是，不是的！是我自己不想吃。”

“那你为什么不想吃饭呢？不饿吗？”

“心里烦。”

“什么？”

他又惊讶了！

“因为我心里烦。”

“什么？”

他还是非常惊讶。

“你心里烦？给你准备好了一大桌饭菜，你还心烦了！”

齐德娉第一次露出笑容。心想今天遇到的，究竟是个什么人哪！

“好啦！你继续吃你的饭，吃完了咱们再聊吧！”

这一回，他就不再故作斯文了，只顾低头猛吃起来。

“你好像很饿吧！”

他点点头。

“你好像好久没吃饭了，是吗？”

“嗯！好久了！”

“有几顿没吃啦？”

“嗯……不知道！”

“你……不知道？那你没有工作吗？”

他摇了摇脑袋。

“你是这儿的人吗？”

“这儿，这儿是什么地方？”

“哎哟！这下子麻烦了！这里是当比翁村哪！那，你是从哪儿来的啊？”

他一下子又愣住了，二话不说，继续吃饭。

“喂！我问你呢，你是从哪儿来的？”

他一下子发起呆来，想了一会儿，想了好一会儿，才缓慢地说：

“我从哪里来？就连我自己也想知道呢！”

“哎哟！阿弥陀佛……！连你自己都不知道自己是从哪儿来的！”

齐德婞这时才仔细地把他上上下下打量了一遍。他的头发在宽宽的额头上散落下来，嘴边的胡须略略见长。所以，他的相貌看起来有点凶，再仔细看看，戴着那副镜片厚厚、胶质镜框的眼镜的他的模样，又好像是城里人，温文尔雅而且英俊漂亮。

那件浅黄色府绸短袖上衣，和深色带格子的丝棉混纺筒裙似久未换洗，显得有点脏，穿着打扮却很得体。

由于对此怪人产生了兴趣，齐德娟竟然一时忘记了自己眼前的苦恼。

“那……你现在要去哪里啊？”

他又苦苦思索。过了一会儿，皱起眉头，摇了摇头，回答道：“真糟糕！这……我也不知道！”

齐德娟惊得张大了嘴，看着他。他洗完手后，东看看西看看。

“找什么？是擦手毛巾吗？这儿！”

齐德娟把桌子上的毛巾递给他。

“我看见毛巾啦，我是找肥皂。”

齐德娟又惊奇地睁大眼睛看着他。一个连饭都不能按顿吃、又不知自己姓名的人，居然像一位绅士，吃完饭，还想用肥皂洗手！

齐德娟带有歉意地说：“对不起啦！这里是乡下，乡里人吃完饭，没有用肥皂洗手的习惯，所以要找到一块肥皂很不容易。给！用这块手帕擦擦吧！”

他摇了摇头，拿过齐德娟递过来的手帕擦了手，之后，还闻了闻自己的手。

“手上的菜味还没全擦干净，没关系，下次饿了，可以先闻闻手，先精神上满足。”

虽然他讲得很轻松，但齐德娟听了，却充满同情和怜悯，一时说不出话来。

“你真的下次就没钱吃饭了？”

“哎，就像刚刚说的那样，我为什么要骗你呢！没钱只好饿肚子。”

“那你会干些什么？”

对他而言，这又是个很难回答的问题。

“我想我会干的事很多啦。究竟有哪些，我也说不上来。你尽问别人，那你会干什么呀？”

齐德婵又笑了。

“我啊？我是女演员。”

“什么？”

“我是女演员，阿迎戏女主角！”

他好像为了掩饰他的惊讶心理，连连点头。

“哦！哦！怪不得你长得很漂亮。”

“你说什么？”

“哦！我是说你长得漂亮哪！”

“我真的漂亮吗？”

“又来了，你真是明知故问哪！我干吗要骗你啊！”

齐德婵笑出了声。

“你笑什么啊？”

齐德婵没回答，却又问他道：

“你真的不知道自己是从哪儿来又要到哪儿去吗？”

"你又问这个问题了。这个么，我当然知道啦！"

"那，刚才你说不知道啊！"

"啊……这怎么知道？刚才我说知道，那说的是另一种情况。"

"是哪种情况啊？"

"我知道的是……这样，请记住，我所说的人，是指从出生这个起点至死亡这个终点之间的过客。我也是从出生地那儿来，正朝着死亡这个终点走着，清楚了吧？"

齐德嫔又笑了！

"你都笑了两回了，笑什么呢？"

"你真能逗人笑！"

"我真的那么能逗人笑吗？"

"哎哟！你又明知故问了！我为什么要骗你啊！"

这回是他先笑了！之后，又突然发问："我要是真的能逗人笑，那就把我请到阿迎戏班里当丑角不好吗？"

齐德嫔睁大双眼，心跳也加快了。

"你真的想干吗？当丑角，怎样？你行吗？"

"丑角嘛，我当然会的啦！只有总理，我当不了！"

齐德嫔又噗嗤一笑。

"哟！你倒把我逗笑啦！"

齐德嫔笑了好一会儿才问：

"你敢演丑角吗？"

他皱起眉头看着她。

“丑角么，有什么不敢演的？我就是只怕演好人！”

“你说什么？”

“我是说，我就怕演好人，好人嘛，就像个疯子！”

齐德嫔又笑个不停，过了一会儿，才一本正经地说：

“我就是喜欢你这样的人！”

“什么？什么？怎么……怎么喜欢啦？”

齐德嫔以一种喜爱的眼光扫了他一眼。

“你是一个特会吹、会演滑稽戏的‘香蕉王子’。”

“哈！对了！演滑稽戏的香蕉王子，可是我最拿手的啦！”

齐德嫔又笑了。

“你一定会唱歌吧？”

“哈……当然会啦！”

“那你就唱个歌来听听，唱一首！”

“不行，没有乐队伴奏，不想唱！”

齐德嫔又咯咯笑起来。就把她的“香蕉王子”带到房后的戏班处。戏班成员们都无精打采地坐着。不远处，发着烧的哥秘达披着毯子蜷缩在一边。

大家一哄而上，笑呵呵看着女主角和一个陌生男子。

“盛额优大叔，把篁琴奏起来吧！”

盛额优一时摸不着头脑，按齐德嫔的吩咐，站起来，先调试了一下篁琴的琴音。

“好啦，你唱一首‘昆道’曲吧！”

他清了清嗓子，然后朝琴师使了一个眼色，开始高声唱起来。

“一道山梁 xxx 烟雾袅袅 xxx 袅袅……”

他的嗓音洪亮，与筻琴的琴声非常般配协调。

“美格比小母鹿 xx，山岭 xx，降生的大地 xx。”

此时，连发着烧的哥秘达也动了动身子！蜷缩在稍远处的齐思雅，则盘腿坐着聆听起来。

“隐居在此山此林的僧人 xx 哄！ xx 哄！……喔！……喔！”很多戏班成员都正静静听着，他的唱腔故意冷不丁失常，转了个怪腔，立马引起大家哄堂大笑！一下子打破了沉闷的气氛，反应灵敏的齐思雅装着慌慌张张的模样站起，急急忙忙蹭盛额优的前胸和后背。

“哎！……我的大爷！布施会上要让你这位老师来演这种杂七杂八的小角，有点大材小用啦！”

戏班成员又纷纷笑开了！气氛接近高潮。

“嫩葫芦不得采！嫩葫芦不得采！哎哟哟，弄痛了我的膝盖！昨天……昨天……”

齐思雅用手捂着他的脖子，装出可以减轻他痛苦的样子。

“哟！不是说演丑角呢！怎么倒念起“三藏经”来了？”

齐思雅临场补充也恰到好处。

“稚嫩之时 xx 哟……哟……享尽欢乐，真诚相待，鹧鸪之王，栖于密林……"

第一场考试获得圆满通过。大家非常高兴。齐德媁高兴得过了头，全身都有点哆嗦。她举起他的手臂表示称赞他的表演。

"行啦……可以啦！我已经满意啦！"

"是啊！你满意了最重要啊！"

虽然他说了大实话，但他诙谐幽默的表演，已经让满心喜悦的戏班成员全都轰场大笑。

齐德媁接着问他："你刚才不是说你会演滑稽逗笑的香蕉王子吗？那你会唱里面的哪首歌啊？"

他沉默下来，挠挠头思考起来。想了一阵，没想出来，便走到犄角旮旯的一根柱子上坐了下来，静静地思索着。

"大家都已经满意你的表演啦！"

那位编鼓师山宫很激动地叫了起来。正当大家都在欢笑之际，他走到套鼓师那儿要了一把手锤试起音来。一会儿，他高兴地叫起来：

"行了，行了！女主角儿，到这儿来！"

齐德媁按照他的要求走了过去。

他眨巴着眼看着齐德媁。此后，他表演起惊悚的样子，又做出浑身发抖着往后退的动作，再后来又用手从脚下抠了一点尘土抹额头上，然后又做出起鸡皮疙瘩的样子。

戏班成员们都鼓起掌来。齐德媁用手捂住嘴，咯咯笑起来。

此时他开始高声唱起一首香蕉王子的歌。

“让我们相亲，让我们相爱，让我们永远不分开。”

还在发烧的哥秘达吃惊地一骨碌翻身坐了起来。

他却无所顾忌，径自拉起齐德婂的手，表现出难受的样子，做出一会儿拉住手，一会儿放开手的动作。用波盛基的腔调高声唱起来。

“咱们两人一起走，到了曼城再分手。”

他又把嗓音压低，好像是两人之间的窃窃私语：

“过了阿莫拉布拉和实阶，接着再去茵瓦城里面。”

他走到女主角的面前，按节拍跪下后仰面躺倒在地。正当大家都在嬉笑之时，他又一瘸一瘸从地上爬起，来来回回踱步。忽而做出要狂奔的模样，且完全不按节拍，尖声尖气地唱：“去闵羌城玩玩，去闵穆城逛逛……”他呼哧呼哧地装出很累的样子继续唱起来。

“逛了卑谬、蒲甘，游良乌，闵布、闵拉，一直朝南走；夜宿就到兴实塔……”

他躺倒在地上装睡，然后又起身，用正常的嗓音唱：“够了，累了，其他请看大屏幕。”

他的确很累了，就坐了下来，齐德婂也真心地给他扇着扇子驱暑。

哥秘达看起来病也好得差不多了，凑近过来问：“婂！他是谁啊？他是谁啊？”

“这才是个大麻烦呢，真叫麻烦，他究竟是谁，我也不知道啊！”

哥秘达没再继续追问下去。但是，不知是因为高兴还是身上有病的缘故，他声音颤抖，面对他说：

“作为兄长，我并不知道你这位兄弟是谁，但是，没有关系，刚才这位兄弟唱的是，我师父的师父、先前一位重量级丑角早已失传了的一首曲子，现在连我自己都不会了。为此，我真是佩服你这位兄弟呢！”

哥秘达向他十分尊敬地抱拳作揖。

“好啦！……我的兄弟！托您的福我也退烧了。那么，请教您的尊姓大名？怎么称呼哪？”

这下子可又给他出了个难题，他费劲地思索着自己的名字，可他还是答不上来。

婖马上想起，一个连自己不知从哪儿来，也不知到哪儿去的人，又怎么能记得自己的名字呢！

聪明伶俐的乡村阿迎戏女主角齐德婖，立马给他起了个名字。

“咱们这儿，有一个名字是齐思雅（可爱），那个叫秘达（情意）；现在他就叫迪沙（“忠诚”的意思——译注）吧！忠诚，哥迪沙！”

哥秘达立马起身说：

“喂！……山宫！齐思雅！去！把东西都拿到舞台上去！今天晚上是齐思雅、秘达、迪沙三位男丑角演出哪！”

就一会儿工夫，情况完全改观了！

今晚，原本齐德婵是要与一位男丑角一起表演的，现在却要与三位男丑角配戏，同台演出了。

于是，那天晚上，齐思雅、秘达、迪沙与齐德婵一起登台，演出取得圆满成功！

十

结束了当比翁村的演出之后，婵的戏班回马德亚，哥迪沙也随戏班一起走。其余成员都各自回家了。只有婵和哥秘达住在同一个院子，各自有一处屋子。阿迎戏班的所有演出用具，就分放在婵和哥秘达的屋子里。

这些茅草房只是茅草屋顶、竹编墙的平房而已，分里屋和外屋两间房。婵把带竹榻的前屋让哥迪沙住了。哥秘达的小屋住着他们全家。妻子玛拉薇以每隔十一个月生下一个孩子的速度，生下了三个宝贝儿子：埃桑八岁，埃貌七岁，最小的六岁儿子埃当，他们个个顽皮捣蛋，没有一个是安分守己的，淘气到连顽猴都拱手认输的程度！因此哥秘达把他的儿子们称为“宝贝（养儿苦）！”（按缅语字的发音，“宝贝”一词，来自巴利文，有“养儿苦”之意。）

哥秘达已四十多岁了，玛拉薇才二十六岁。岁数大后才娶了个年纪轻轻的老婆，又连生三子，养儿的过程就如同一头老牛拖着三个迟生的小牛一般。哥秘达倒也感到满足。

当年他加入戏班后才开始省悟，于是出家为僧，通过了佛经考试。之后却看上了玛拉薇，接着就还俗，回到阿迎戏班。

回到家以后，休息了一晚，第二天一早，那三个宝贝儿子又开始折腾起来。哥秘达还很困，却不得不起床。洗漱完毕就坐着喝起浓茶。喝着喝着，在门口一眼见到清早就从城里赶回来的婂。

“嗨！婂！一大清早，从哪儿回来啊？”

婂什么也没答，走到他身旁。哥秘达看到婂手里的东西，感到很惊讶。只见婂的手里拿的是牙刷、牙膏、剃须刀等东西，还有一块香皂。

“你买这些干什么？婂！”

“是给哥迪沙买的，鑫叔！”

婂对哥秘达这位叔叔，从小时候起，原本是以对僧人的惯例来称呼他的。现在他顺当地还了俗，成了常人，还生了三个儿子，所以便叫他鑫叔了。

哥秘达有点不以为然，摇了摇头。

“你呀，婵！麻烦了！对他的情况现在一无所知，还是先看看情况再说吧！弄不好，会缠上案子什么的，就难办了！”

“为什么会缠上案子啊？”

“嗨！……怎么说呢！他以前是干什么的，一点情况都不清楚啊，连自己的名字都不知道！”

“倒是还看不出他干过什么乱七八糟的坏事，如果做过坏事，还敢出头露脸到舞台上做丑角吗？”

哥秘达不再言语，沉默了。

“唔！你想的有点道理！”

在哥秘达连连点头之时，婵又说：

“看他的说话和做派，是个懂洋文的人，有点像是个大户人家出身的人。”

哥秘达听了，连连点头。但忽然又心里不安，冲着她说：

“喂！等等！你的这个人哪，说不定是佛本生经故事中智者玛哈德道那样的人，乔装打扮之后专门来找夫人的哪！这可难说了。”

婵因羞涩，脸立刻绯红起来。

“鑫叔您瞎说些什么哪！”

说完这句话，婵就回自己小屋去了。

婵走进自己的屋后，见到好像因凉爽而舒服地蜷缩着身子的哥迪沙，他立马翻身而起。

“醒了吗？哥迪沙！想睡再睡呗！”

“睡够啦！婵！你是从哪儿回来啊？”

婵把手里的东西放到他的身边。

“我去给你买了这些东西。”

他看着这些东西，又瞧了一下婵，温柔地笑了。他的笑容中，明显地充满了内心的喜悦之情。

他取出牙刷，将牙膏挤在牙刷上。之后又似乎想起些什么，问道：“那你的呢？”

“我不用，哥迪沙！我是用木炭灰加盐刷牙的。”

他十分感动。放下手中的牙刷，说：“你把这把牙刷收起来，你自己用。我来用木炭灰和盐吧。”

“那怎么行？我是特地为你买的！”

“不行啊，你婵是女主角，牙齿漂亮整齐很重要！婵！你笑一笑！”

见他要她笑，婵就笑了一下。

“可不是吗！你的牙齿多漂亮啊！只有这种牙，一笑就动人哪！保护好这口牙，很重要！木炭灰是可以使牙白些的，但是它容易磨损牙齿表面的珠光。所以你应该用牙刷和牙膏，知道吗？把木炭灰和盐留给我，去！把木炭灰和盐拿来给我！”

婵本来还想反驳他的，但不知何故，她不想违背他的意愿。

婵站起来，把装了木炭灰和盐的罐子递给了他。

“哥迪沙！那块香皂就你用哟！”婵怯生生地建议着。

“啊！……我们一起用呗！把它放到肥皂盒里就是了。”

“哦！那哪儿行啊！”

“为什么不行哪？”

“男女共用一块香皂，那会使你这位男人晦气的啦！”

他睁大了眼睛听着，后来也不知何故感到好笑了，哈哈大笑起来。

“为什么笑啊？”

“是对你这种说法感到好笑啊！怕什么同用一块香皂，会让男人晦气啦什么的！那一起睡一张床的会怎么啦？那也会使男人晦气了吗？”

“哦……”

婵的脸羞得通红。他也觉得刚才他的话说得过头了。就改口道：“我是在说别人呢！你和我又不睡一张床，不是吗？”

但这么一改口反倒更糟糕，接下去就更令人难堪，不知该说什么好了。婵正无语之时，他又继续说道：“这样吧，我们还是共用一块香皂。就算男女共用一块香皂会让男人晦气这种说法是对的，但我们先把这种说法搁一边，不理它，因为我哥迪沙本来就没什么好运，连一寸运气都没有！这就行了吧，怎样？满意了吧？”

他拿起木炭灰和盐，刷起了牙，之后，又拿起婵给他买的香皂洗脸剃须。在他洗完脸，梳好头以后，婵已经和素婶一起，把淋油煮豌豆和清茶准备好，端上了桌。

山乡马德亚的寒季颇有些寒意。见哥迪沙只穿了一件单衣，婵很是关怀，就为他从哥秘达处借来一件粗布白上衣御寒，而他却对寒冷毫不在意。

“来！哥迪沙，一起来吃早餐！”

于是，他也就过来，有滋有味地吃起了油淋豌豆，喝起了清茶。素婶因购物去了市场。吃着喝着，屋里只剩下两个人了。趁着还在吃的时候，婵似乎想起了什么，从上衣口袋里掏出了十元钱给他。他却不收，皱起眉头问道：“这钱是怎么回事？”

“是那天晚上你演戏的报酬啊！”

他一下子就沉下脸来，放下了取豆子的勺，缓慢地问道：“是不是要赶我离开这儿了？是吗？婵！”

他的声音里充满了遗憾。

“哦！哦！不是的，谁说过要你哥迪沙离开这儿呀？”

这会儿，他的脸色才由阴转晴。

“不知道啊！我还以为我的事干完，给了我酬金要我走人呢！那么，婵！我真的还可以在这儿再待下去吗？”

婵对他有点不耐烦，斜瞪了他一眼，抱怨起来。

“你啊，真是个会装腔作势的香蕉王子！”

婵又重复说了他们初见时说的话，他就很得意地笑了起来。

“这钱么，就你拿着吧！我只要顿顿吃饱饭就可以啦！”

婵听了这话，心中充满了怜悯，一时间语塞了。

“不行啊！哥迪沙！钱还是用得着的。拿着！这点做零花钱。你的饭，我包下了，一顿不会落！”

“顿顿有饭吃就足够啦！抽烟，那个罐子里还有烟呢！ 用的方面我没有什么需要。你都拿着，拿回去！”

见他这么说了，婔就不好再强塞给他了，把钱收了起来。

“你们演一回，可拿到多少钱哪？”

“没准，最多的时候，可以有一百元左右吧！”

“一个丑角可以得多少呢？”

“五元左右吧。”

“那为什么你给我十元哪？”

“哦，昨天晚上施主不是给我和你发奖金了吗？把份额分好后，这一份就是你的。”

“按规矩，一个像你这样的女主角能挣多少呢？”

“十五元！”

“你们戏班的老板是谁啊？”

“是我和吴鑫。”

“啊哦！……啊哦！那老板最后能剩多少呢？”

“两个人加在一起净得也就是五十元上下吧！

他再也没说话，似乎在静静思考着什么。

这时，素婶从市场回来。婔说：“我来帮大婶做饭，哥迪沙，你如觉得无聊，就去跟吴鑫聊聊吧！”说罢，他也就起身到哥秘达家去了。婔帮素婶一起做饭时，一边做着事一边还侧脸不时朝哥迪沙在的地方张望着。只见他正在房门前与哥秘达兴致勃勃高谈阔论些什么。

到了快开饭时，他才回来了。吃完饭后，马上又没完没了地问这问那。

“听说在曼德勒，有点名气的阿迎戏班，演一回可得到三百元，是真的吗？”

“他们当然是的啰！哥迪沙！一场戏有的还不止三百元呢，还一连演好几场哪！”

“那为什么婵你不去曼德勒演啊？”

完全不明就里的他，冒失地问了此事，婵只好苦笑。

“怎么不想去演啊！哥迪沙！但我能挤得进去吗？”

“为什么挤不进去啊？你的舞跳得很棒啊！昨晚我仔细地看了。你的师父是谁啊？”

“我妈。”

“啊！……原来是你妈？”

“是的，我妈以前是演古典戏有名的女主角。”

不知是什么原因，他身体哆嗦起来。脸上的表情也忽而阴沉忽而开朗地改变着。

婵依旧继续叙述着。

“我妈对阿迎戏不喜欢，说阿迎戏艺术层次不高，只是逗人笑笑的滑稽戏而已，是轻佻的东西。所以她就教会了我古典戏女主角的演技，教了我古典戏唱腔、表演程式、古典舞动作，在这方面我是敢跟任何人比试的。哎……要到大城市去的话，那就得会那些流行的新奇古怪的歌曲和舞蹈，我可不会那些。”

“那么，你为什么不演缅甸古典戏的女主角呢？”

婥痛苦地笑笑。

“演过，但是……”

婥难于再往下讲，就不说话了。

“嗨！继续说下去，不要害羞么！”

他完全不懂事。

“我曾经加入过一个著名男演员领班的古典戏班子，糟糕的是此人就真的像皇公贵族一般，想要占有三宫六院众多嫔妃似的，也想纳女演员为他的妻妾。于是，我就退出这个戏班。这样，鑫叔和我费了好大劲才组建了这个阿迎戏班。”

他静静地听着。等婥一说完话，他却说了一句令婥感到意想不到的话：“咱们一起去曼德勒演出不好吗？”

“什么？……”

“我说，一起去曼德勒演出啊！你会不会跳流行新奇的舞蹈不重要，你已经有了真本事。更重要的是，你长得漂亮，想要在城市里打开一片天下，人漂亮是最重要的，第二点是身材要好，这里说的身材美，不是那种像洋娃娃似的，胖乎乎的矮个儿，而是像你这样的脖子挺直，身材修长，细腰，合适的臀围，另外，就是胸部，胸部……”

他无所顾忌，随心所欲，眉飞色舞地说着。突然感到自己好像说了些不恰当的话，于是便不说话了。

婥为了掩饰羞涩，微微一笑，问道：“在你的眼里，我真的有那么漂亮吗？”

“不是在我眼里看着漂亮，而是说你真的非常漂亮！但是，你还有点乡里乡气的样子。”

婥的心里对此可有点接受不了。

“我有乡里乡气的样子吗？怎么乡里乡气啦？”

从婥说话的口气中，他意识到她感到有点不服气。

“你生气了吧！我说这话，可是一番好意啊！”

这么一说，婥才心平气和，又微笑着说：

“好吧！既然是好心好意，那你想说就继续说下去！”

“我要说的，怕你听了不高兴啊！……”

“唉！真是！会装模作样的香蕉王子！我的大老爷！请您讲！这里，小妹子拜托啦！请讲……”

这时他才又高高兴兴，边笑边接着说了起来。

“你的额头不宽也不窄，很好看，头上的头发如果蓬松一些，高耸一些就会更好看，现在弄成像中国女孩的刘海模样，就不美了。”

“还有呢？”

“你的发髻挽得太大了，应该弄一个小点儿的，你头发极好，发髻下面的垂发要长长的，这样才有皇族气派。”

“说得好！还有呢？……”

“你耳朵后面的头发都向上梳了，绷得过紧，看起来显老。另外，后脑勺的头发都捋到了头顶上，脖子上太空了。得让后脖子和耳垂上都有些下垂的头发，才漂亮哪！”

婵对他十分惊奇，佩服之至，认为他了不起，所以心甘情愿静静地听他继续说下去。

“至于如何画眉，勾鼻，抹口唇，这些下次再说。服装也得说说。你那天的衣服上衣是白色的，太薄又太紧身了。那天晚上你选的那件筒裙，我注意到了，浅绿色的，颜色不错，很适合你。但是我觉得后来穿了那件更新些的绣了金线的大红色花筒裙，让我感到都刺眼了。这让你看上去人显老气了。所以，选衣服，颜色很重要。要考虑到自己皮肤的颜色，是白天还是晚上的光线，季节气候，舞台背景，等等，都要搭配合适。有的演员为了显示自己的服装多，就不考虑色彩的互相搭配和合不合适自己，喜欢不停地换服装，以显摆自己。但是，观众是来看戏的，不是来看你的服装的。”

他说了好长一段话，然后拿起杯子喝了一口清茶。

“哥迪沙！你照实说来，以前究竟在那个戏班待过啊？”

“嗨！……这就又难住我啦！我以前从来没有上过舞台啊！”

“不对啊！你一定对这些有过研究，学过些什么的。在什么地方学的啊？”

“当然是学过的啦，但是在什么时候，什么地方学过，我又怎么知道啊！”

“你真的不记得你自己是谁，做过些什么事了吗？啊？”

他的脸色马上严肃起来。不但严肃了，还显出很苦恼的样子。

“哥迪沙！”

他没应声。

“哥迪沙！”

他依然不应声，呆呆怔怔。

“喂！哥迪沙！你怎么啦？”

婥拉起他的手臂摇晃着，又问他。

他深深叹了一口气。

“我不知道我做过些什么了，婥！为什么老要问这些啊，是不相信我吗？”

“当然是相信你啊，哥迪沙！就是因为相信你，才把你请到我家里来的，不然，我会让你到我家吗？”

“你既然相信我，那为什么还要追问我不知道的事情啊？婥！要是知道，我怎么会忍心不告诉你呢？”

婥心里感到难过。所以她强颜欢笑，转移话题，又回到先前谈论的事。

“那好吧。以后不再问你不知道的事了，这总行了吧！那么，我们聊一聊刚才你讲咱们要去曼德勒的事吧。好不好，哥迪沙！”

“那你说呢，婥！”

“要去那儿演出的话，还得有聘请我们演戏的人，是不是？谁会来聘请我们啊？”

这真是个问题。一个古老文化名城，古都，有谁会到这个马德亚小镇来聘请一个乡村阿迎戏班去演出呢？

他发着呆，待了好久。突然兴奋了起来，说：

“要是没人聘请我们，我就想方设法去找能聘请我们的人。嗨！只有这一条路了！哦，婥！你那儿有没有出什么广告？”

“哪儿有啊！”

看样子他有点沮丧。

“那么，有没有什么照片之类的东西？”

“有，有！”

婥站起来，把她认为照得最好的一些照片递给他。

他把照片一张一张选来选去。最后，还是摇摇头。

“不喜欢吗？哥迪沙？”

“是的！”

“那为什么？……”

他没搭理。

“是不是太土气啦？是吗？”

他默默无语。过了好一会儿，才说：

“这样吧，明天进城，请摄影师拍照，怎么穿衣服，怎么照，我来教你。”

“好啊！照了相以后又怎么样呢？”

“这，我看情况，听我的安排！”

婥将信将疑地看着他，他却是一副十分严肃认真的样子。

*

那天晚上，按平时的惯例，阿迎戏班的全体成员都在院子里碰头，听了哥迪沙关于要去曼德勒演出的计划，大家用手指指指戳戳，暗暗好笑。

这确实是会令人发笑的。一个农村阿迎戏班，还一直过着这样的生活：这次演出之后，下一回不知何时还有布施会、礼佛节会被邀请去演出。现在，忽然说要去文化古都曼德勒演出，这不是天大的笑话吗？

不管别人怎么看，哥迪沙却在一堆乐器中忙活着。

只见他正在摆弄着一把小提琴。

一贯好动、不得安宁的齐思雅，走近他身旁。

“等等！敢情，你是会拉小提琴的吧？”

“唔！我想我会拉！”

周围的人听到这个回答，全都笑了。

他却绷着脸，对那些笑的人说：“笑什么笑！我可不是在开玩笑！”

那些看笑话的人，都缩着脖子不再吱声了。他一本正经地坐在一个道具箱上，试起小提琴来。过了一会儿，他又起身调整琴弦，闭上眼试起音来。这一次，他拉出了准确悠扬的一个试音过门。

他站起来，也不跟任何人打招呼，抱着小提琴，径自走到院子后面去了。

此时婵来到了大家聚拢的地方。

“婵啊！你可是赚啦！”

哥山宫迎上去说了一句。

“我怎么赚了啊？”

“那位啊！不仅是个丑角，而且人家还会拉小提琴呢！”

婵朝院子后面张望了一下。没有看到人，但听得见小提琴的声音。

“说谁呢？是哥迪沙吗？”

“是啊！就是他呗！”

婵什么也没说，拿了铃铛和竹板，朝哥迪沙在的方向走了过去。

院子后面有条小河，河边刚形成一小片沙洲。只见哥迪沙身子靠着岸边的一棵合欢树，拉着小提琴。

放眼远眺，可见到冬日午后蓝雾蒙蒙的田野和山峦。河面上有盘旋的小鸟。

婵什么话也不说，小心翼翼地坐到靠近他的地方。他停下了正拉着的曲子，朝婵看了一眼，婵也微笑着看了看他。他心领神会，又重新开始拉琴，让她熟悉一下音调。婵随着刚才他拉的曲子，唱了起来：

金色鱼鹰，银色鱼鹰，在白色的河滩、沙洲上空盘旋 xxx

银色沙滩，清凉溪流，寒季里，蓝天白云，微风吹拂。一对爱鸟借助风势比翼双飞，轻盈地飞向远方。

十一

由哥迪沙安排，婵被带到摄影社，拍了各种姿态的写真照。到了取照片的那天，婵自己都惊呆了。只见自己披了头巾跳暹罗舞的照片被放得很大，衣裙染上些许浅蓝色和点点金黄色后，美得连自己的眼睛都不敢相信了，难道这就是自己吗？其他照片，也都是从各个视角，突显她俊俏的面容和优美身材的。

哥迪沙带了这些照片，叫上哥秘达一起做伴，启程去了曼德勒。在马德亚火车站，挥手送别他们两人后，婵莫名其妙地泪眼婆娑。

自从他们离开后，每当火车到站的时刻，婵都会怦怦心跳加快，跑出去张望，看看是不是他们回来了。一天、两天、三天过去了。这些日子，对婵而言，都像是他们去了遥远的外国，日子漫长而难熬。整整四天过去了，在火车到站时，仍不见他们回来。婵灰心丧气地哭了起来。

但是，出乎意料，一天，一辆吉普车戛然停在院子门口。

“婵！……婵……”

只听到哥迪沙兴高采烈的大声喊叫。婵兴奋不已，从床上一骨碌爬起，也顾不上整一整衣服，匆匆忙忙跑到院子外。只见哥迪沙拎着行李首先下车，跟在他后面的是哥秘达，在哥秘达后面，还有两个不认识的、穿着整齐的年轻人。

婵不知说什么好，傻傻地看着他们几个。

哥迪沙拽着婵走到竹榻旁。之后，把行李放下，摁着婵的肩膀，让她坐下。

“嗨！婵！你就高兴吧！我们后天就去曼德勒演出了！”

“什么？……是真的吗？”

“哟！……真糟糕！又来了，又明知故问了，真是的！我干吗要骗你啊？”

听他这么一说，婵不再惊讶，开始面露微笑。这时哥迪沙似乎也才注意到，他自己还带来了两位客人。

“抱歉，抱歉啊！哥钦貌登和哥尼温昂，两位请坐！这位就是婵！”

两位客人没先坐下，就跟婵打招呼：“见到您很高兴！我的名字叫尼温昂。”

婵从未遇见过如此温文尔雅的打招呼，所以一时也不知如何回应。最后，就真诚地笑了笑，作为回应。两位青年都到竹榻的一边坐了下来。

哥秘达则拿着他带回的大包小包，赶紧跑到他的宝贝儿子们那儿去了。

“娉！他们是大学生，这回我们就要去他们的大学演出。”

“是吗？很高兴啊！”娉对两位年轻人真心实意地说。

“先不说这些，现在你先唱一首歌给他们听听！我拉小提琴伴奏。”

“哟！哥迪沙！这大白天的……”

娉因为在大白天，又是要在陌生人面前唱，有点发憷害羞。

“就唱给他们听听吧！他们是受了大学生的托付，专门来请阿迎戏班演出的，所以才一块儿来了。好了，开始唱吧！”

他把床头的小提琴取出，试了试音。

“我唱什么好呢？”

因为娉发问了，那个名叫钦貌登的人说：“就来一首古典歌曲吧！”

娉朝哥迪沙看了一眼，只见他微笑地点了点头。娉就把昨晚唱过的古曲“金色鱼鹰，银色鱼鹰”唱了一遍。唱完古曲，那个名叫尼温昂的大学生说：“再唱一首流行歌曲吧。”娉就唱了一首歌星美馨唱的流行歌曲《碧玛丹》。

唱完歌，两个学生异口同声地夸奖说：“唱得好，真好听！很喜欢！”

哥迪沙暂时把小提琴放下，问道：“要不要再看看舞蹈？”

娉睁大了眼睛，那两位年轻人有点过意不去，瞧了一下娉，什么也没说。

他则继续说道：“那就让他们都看看吧！这样，你们不必过意不去，婶也不必害羞，大家都是为了工作么！”

他一再把身子探出窗外，叫哥秘达。等哥秘达来后，就请他敲打竹板和铃铛。

“好啦，婶！你就跳个暹罗古典舞，标准的！”

他用小提琴拉着暹罗舞曲子，哥秘达用竹板和铃铛打着节拍，婶又翩翩起舞表演起来。等婶的舞蹈伴奏曲一结束，两位青年鼓掌连连叫好，还起身和哥迪沙热情握手祝贺。

“很棒！好极了！好，这样我们也算是完成任务了。你们也再努一把力，要是在学校里演出成功，就会有报酬，也一定会出名啦！”

哥迪沙既开心又满意地笑了。

“所以我早说过，你们完全可以放心！不是这样吗？我这个人始终只会说真话。因此还得了哥迪沙的名字么！”

两位青年起身说：“好啦，哥迪沙，天快黑了，我们得回去了。到了日子，你们一定要一切准备妥当，及时来，别耽搁了。”

“放心，放心吧！这不用担心！我们一向很守时的。”

两位青年跟大家道别后回去了。到了这时，哥迪沙如同完成了一件大事，极度兴奋，手舞足蹈，来来回回在屋里踱步，还一个人独自大笑。

一开始，婶惊讶地看着他，心想他是不是疯了？后来，他的喜悦似乎有感染力，连婶也跟着笑了起来。痛痛快快地笑过以后，哥迪沙走到婶的身边坐下，把前前后后经过的情况一五一十地讲给她听。

原来他和哥秘达花了整整两天时间，到处打听阿迎戏班的经纪人。但都因条件不合适，没谈成。最后两天的一个下午，硬着头皮，去找名气最大的阿迎戏班经纪人，一位年长女演员。

这位年长女演员很欣赏哥秘达和哥迪沙的谈吐，也很喜欢婵的容貌，答应婵到她手下的一个戏班当助理女主角，也聘请哥秘达和哥迪沙担任丑角。至于是否与婵的戏班联合还不好说。

哥迪沙拒绝了对方提出的全部条件，他要求让婵做领衔女主角，是特邀演员。本金双方各半，演出所得也双方平分。那位年长女演员不但不肯让步，还对这个夸夸其谈的乡巴佬丑角，显出哭笑不得的模样。

"就在双方僵持不下的时候，刚才见过你的哥钦貌登和哥尼温昂来了，哥钦貌登这个人，哈……哈……太让人好笑了，见了我就说:'喂！到此地来干吗？是来请阿迎戏班的吗？'然后又说:'你不是已经取得文学学士学位了吗？现在在干什么呢？'哈……哈……"

虽然他仍高高兴兴说着，但起先还微笑着听他说话的婵，这时却有点害怕紧张起来，而他仍面不改色笑容可掬，滔滔不绝继续说着。

"这样，我就说你认错人了吧？我说我是阿迎戏的丑角哥迪沙，你说得了文学学士学位，还会来这里做这个？你懂吗？他还说'你啊，就别跟我开玩笑啦！'于是，我又说，'我可没跟你开玩笑，我只会在舞台上开玩笑，离开舞台决不会开玩笑！’嘿！嘿！”

婵朝哥秘达看了一眼，哥秘达意味深长的目光也正好与婵的目光相遇。

“名叫哥钦貌登这个人，十分尴尬。后来他们与那位年长女演员继续谈他们的事。听了他们的谈话，我就明白了真正的机会来了。他们原本已经聘请了年长女演员经办的一个阿迎戏班，其中有一位从音乐舞蹈学校毕业的著名女主角。而在年长女演员不在的时候，这个戏班又接受了去一个小区演出的邀请。后来再一查，才发现日期和演出时间与另一场演出有冲突。先接受邀请的那一场演出时间已定下来，而另一场演出，说是有一位部长要去观看，这样，这一场演出就无法撤销。于是他们为此又去打听有无别的有名的阿迎戏班，发现哪个戏班都不空。所以又回头来找那位年长女演员，想让她同意给他们演出。年长女演员不敢撤销有部长观看演出的那场戏，为此，还赔付了三倍的订金。”

他歇了会儿，婵也被勾起了兴趣。

“后来，你一句我一句说了起来。中间哥钦貌登和哥尼温昂还用英语商谈事儿，先是骂了一通那位年长女演员，又嘀嘀咕咕说，他们这回可是倒霉了，怕回去要挨同学们的骂。”

婵静静听着，插话问：“你听得懂他们讲英语？”

哥迪沙也停顿了没说话。后来挠挠头，垂头丧气地说：

“是啊！真糟糕！我听得懂啊！还有，我也能像他们那样讲英语呢！这有什么办法呀！”

婵鼓起勇气，插进来问：“你是像他们说的那样，获得过文学学士学位，真的吗？”

他呆呆地愣在那里，话说不下去了，坐在那里沉思着。想了许久，摇摇头又晃晃脖子，站了起来。

“不知道！我不知道！也许是有那么回事！如果是，那又怎么样啊？”

婵动了动嘴唇想说点什么，但机灵的哥秘达示意阻止了她。

“先不说这个！继续谈谈让哥迪沙和婵开心的事吧！”哥迪沙回头瞥了一眼婵，脸上露出笑容，接着说：“所以我就也用英语跟他们攀谈起来。”

“那你又跟他们怎么说呀？”

他眼睛盯着婵。

“你为什么问我哪？……”

“啊哦！我只是想听听你讲英语啊！”

他面露满意的笑容说道起来：

“我是这么跟他们说的！Gentlemen，may I suggest you a solution？”

“这是什么意思，哥迪沙？”

“我是说：先生们！为了解决你们的难题，请允许我给你们提个建议。”

“后来呢？”

“这么一说，他们当然都目瞪口呆啦！那位年长女演员听不懂英语，我趁机继续用英语说：你们想看这世界上最漂亮、演技最棒的女演员吗？想看的话，先跟我去那边的茶馆，我给你们看照片，再告诉你们在什么地方。于是，我和哥秘达就走了出来，他们也跟我们一起出了门。”

他收敛了一下得意洋洋的样子，微笑着说：

“我取出那幅彩色大照片让他们看，那两位呀，看着照片赞叹不已。嘻嘻哈哈的，简直就像是要把你吃了一样！那个叫尼温昂的更是过分！”

他兴致勃勃地笑了起来。

“那个叫钦貌登的学生还想套我的话。他说，他现在就读农学院二年级，是农学院学生会组织的期中聚会要他来找节目。他是学生会主席，尼温昂是秘书。还说他在仰光大学上学时，见过我在文学院就读，这不是麻烦了吗！”

他好像陷入了沉思，不说话了。

“仰光大学，这个名字我听说过。University of Rangon!”

他又垂头丧气地摇头晃脑。

“那后来又怎么啦？哥迪沙！”

“我当然对他们说，这事我们以后再讨论。先说说到底要不要请我们这个阿迎戏班演出。他们说，他们喜欢婥的容貌，想过来见见人。我很干脆，要他们别耍滑头，我们还有事。Make hay while the sun shines. 谚语说：趁太阳出来，就晒牧草，莫错失良机！”

“这是什么意思？”

“这也就是说：‘趁着月色，赶紧纺纱’（缅甸谚语：勿失良机）的意思！”

嫔一听就笑了。

“那后来呢？”

“后来谈妥了价格。我提出要三百元，一分钱也不能少。他们还真答应了。”

“哦！你真敢要！三百元哪！”

可怜的嫔，惊讶得简直无法置信。

“还不止这些哪！又从那个年长女演员那里要回了三倍的订金呢！这样，你、我来去的路费也都够了！还再要了一百元定金。但是我可是给了他们一个承诺：你们可以先看女主角是否漂亮，嗓音是否甜美，舞跳得好不好，要是不满意，我就立马把钱全部退还。现在他们都感到满意，所以这事情就这么定下来了。”

他停下说话，解开包袱。嫔一看，简直目瞪口呆。

那是一块美国产的高档尼龙挑花面料。

“要按你的身材量好尺寸，尽快缝制好。再看看这块料！”

嫔又惊讶不已！那是一块浅蓝色、绣有银线花纹的长筒裙面料。又打开另一个包裹，看到里面的东西时，婵立即呼吸都急促起来！那是一块浅蓝色、绣有金丝花纹、闪闪发亮的绸缎女筒裙面料！

“这是在金丝绣花街，我认识的一家店里租来的，租金一晚要二十元，就跟他们讨价还价，租三天四十元，是给了订金租的。”

“怎么三个晚上呢？演出不就是一个晚上吗？”

“是的，但是我想把服装配备得齐全一些，我得给你化妆搭配，这还会花点时间。”

他陆续把他买来的东西拿出来给她看。

这些东西，婵可是从未见过，都是外国进口的化妆品，眉笔、卷睫毛工具、眼影膏，等等，简直是一应俱全。

“这些……全都是给我买的？……”

“不为你买，还会给谁买呢？难道是为玛拉薇买的吗？”

虽说他是开开玩笑而已，婵却笑不起来。

“那你自己的呢？”

他微微一笑，然后从包里取出了一样东西。那是一听黑猫牌香烟，五十支装。他打开，取出一支烟，点上火，跷着二郎腿，乐滋滋地抽了起来。婵既高兴又伤心地泪流满面，把脸埋在他的膝盖上抽泣。

*

从那天晚上开始，全戏班人员都忙活了起来。哥迪沙就更忙。婥会针线活，给自己缝制合身的服装。哥迪沙把自己设计的式样告诉她，然后由婥剪裁后缝制。他用买来的各种各样的化妆品，为婥试妆。一遇不合适，就抹去重来。就这样，化妆品也已用掉近一半了。

唱词和乐曲则在盛额优乐师的带领下，做好调配准备。哥迪沙又与齐思雅、哥秘达一起，为逗笑、抖包袱互相配合进行创作和准备。正式演出的前一天晚上还进行了彩排。首先排练了具有古典民俗民风的舞蹈伴奏曲。之后，还排练了一首专属本戏班的阿迎歌曲。这首歌曲原本由盛额优创作，婥已唱过多次。

当盛额优奏起筐琴，婥就载歌载舞，唱道：“小女子齐德婥，本非歌舞世家来，只为糊口入江湖，身不由主请关照，多谢！多谢！……”

婥的歌还未唱完，只听到有人把钹摔在地上，响声吓了她一跳。

只见哥迪沙怒目圆睁，火冒三丈，死死盯着婥。

“你干什么？哥迪沙！”

他不理睬，向前走了几步。

“这……这……这歌是谁编的？”

盛额优皱起眉头抬头看着他，问道：

“是我编的啊！怎么啦？”

“啊哦！原来是你编的，你听着，你还能编出一首比这更能侮辱戏曲艺人的歌曲吗？”

盛额优的脾气也暴发了：

“你说什么？哥迪沙！”

“我要说的，很清楚，你还能编出一首比这更能侮辱戏曲艺人的歌曲吗？要是还能再编的话，那你最好把你名字前面那个‘盛’字，赶快去掉！”

听了他最后那句话，盛额优的气，一下子消了。他显出一副后悔、羞愧的面容，低下了头。

哥迪沙这时才缓和了口气，请他原谅自己：

“是啊！要是我说话过头的话，请你原谅！我的本意是好的，我们阿迎戏班，对谁都不能低三下四，作揖磕头，就算是没饭吃，饿死，也决不能认为艺人就比别人低一等，要向别人卑躬屈膝！”

婔张大着嘴巴，睁大眼睛呆呆地望着他。他，哥迪沙是自己前些天才拉着他走上阿迎戏舞台的。现在居然在为阿迎艺人讲起鼓气和争气的话来了！

盛额优抬起头，十分感动，诚恳地接受他的意见。

“我的好兄弟！哥迪沙！你讲得对，哥哥我没注意啊，来来，咱们再修改一下歌词！”

那天晚上，盛额优和哥迪沙为修改歌词，忙到深夜，一直到了下半夜，才把写好的一首歌给了婔。

“观众朋友大家好！我名齐德婔……诚恳向大家禀告：我出身地道戏剧世家……

“我热爱古老艺术，也是诸位忠诚的朋友……不想背弃溪水，投向江河……

“天要下雨，不敢出门，我的老天爷！……

“大地之女，来自大地……人在江湖，身不由主，苦苦思念……情感的雨露，丰厚的馈赠……婵只能尽力而为……

“婵不会死拽情感的纽带不放手……”

十二

“观众朋友们大家好！我名齐德婵……诚恳向大家禀告：我出身地道戏剧世家……

“我热爱古老艺术，也是诸位忠诚的朋友……不想背弃溪水，投向江河……”

充满真情实意的歌词和婵的令人怜悯的嗓音，回荡在曼德勒大学校园冬日的夜空。

婵的美貌，婵原汁原味的舞姿，犹如一股无法抗拒的巨大磁力，吸引了懂得欣赏传统文艺的文化古都曼德勒大学学子们的心。大家不仅欣赏婷的演技，哥迪沙的幽默表演也获得成功。

“喂！哥迪沙！你一讲话就有带‘杜’‘旭’之类的音，憋着嗓子说话，是不是会讲英语的缘故啊？”

齐思雅首先挑起了话头。

“哦！……齐思雅，当然会呀！他是那个仰……什么来着？”

哥秘达插进话来补充。

“是仰光大学吧！”

“你这个搞佛经经文的，英语不行！上五年级时才学了那么点英语。”

“是的，是的！吴鑫！啊！吴山吞！是吗，哥秘达老师！我是读工科的。”

“是工科的铸造专业，哟，我的妈哟！”

那位讲经法师哥秘达又插进来搅和。

“哎……哎……在什么哪个叫……”

“是工学学院……”

“对，对，我念的就是那个工学院……”

“哎，那就是搞工业的呗！”

“那还不止呢，你不是还会弄电什么的吗？搞那些电灯电线什么的！”

“啊哦……你会安装和修理吗？”

“不行！我只会用砖砸碎它们！”

齐思雅做出用脚踢了哥迪沙一下的动作，观众大笑。

“是啊！说得对，现在的大学生学习的内容里，也包含用砖砸东西的内容哈！”

哥秘达又转移话题，要让观众拿着鼓槌。

“嗨！迪沙！你会英语，我叫你干什么，你要用英文作诗，可以吗？”

哥秘达又提醒说：

“哦……预备起！”

“那么你用现在很时髦的、有关人造卫星的消息来编一首诗看看，还得用缅语说出其意思啊。”

一部分观众发出笑声。

哥迪沙东找找西找找，到处找了起来。

“嘿！你在找什么呢？”

“想作首英文诗，不是吗？正找《缅文拼写法》帮忙呢！”

观众又哄场大笑！

“喂！你倒是快作诗啊！……快些！”

哥迪沙用很标准的英语朗诵了一首诗：

“小星星，一闪一闪，亮晶晶，人造星星，绕地球，绕啊绕，绕啊绕！坠入大气碎粉粉。”

“你说的到底是什么意思？”

哥迪沙用英语老师吴念夏的口气作了解释：“Twinkle，Twinkle是闪闪发光，亮晶晶！”

“哈！真是诗情画意啊！就跟古代诗人玛葛度作的诗一

样啦！”

“人造卫星是开天辟地以来从未有过的，人类用双手创造，它是时代之主！星中之宝……”

此时，乐队敲击大鼓，观众掌声雷动！

“绕着地球转不停，转了一圈又一圈！立志报国做栋梁，金色曼城有才人！”

因为正好曼德勒大学校园内有座女生宿舍名叫“金色曼城”，一听到唱词，观众哄场大笑。

“漫漫旅程，转呀转，走啊走；人生如旅途，永无止境往前行，一生平安渡！”

“平安渡！平安渡！”

“最后含笑转到大气层，纷纷碎碎落尘埃，切记！切记！”

“善哉！善哉！善哉！”

这些逗笑说唱词，非常符合大学生观众的水平，博得他们哈哈大笑。自从那晚开始，齐德婷和哥迪沙的阿迎戏班，就成为由曼德勒大学捧红的顶尖阿迎戏班，一下子蹿红起来。

*

这个戏班里，有会说英语的哥迪沙，又有经师哥秘达，他们是戏班的两位超级丑角；又有一位众星捧月般的美女——黄皮肤、蓝眼睛的婷是领衔女主角。这个阿迎戏班，成了曼德勒独具特色演出风格的戏班了。

他们并不像大多数阿迎戏班那样总想迎合青年男子和看戏

观众的好感及欢笑，他们只是希望激发和增强古都人民内心蕴藏的文化传统和热爱艺术的自豪感。婵从不用嗲声嗲气的声音说诸如：哥哥、弟弟、姐姐之类的称呼。至少除歌舞中本身包含的词语以外，婵不向观众磕头，也不做带低三下四意味的动作，对观众不捧不抬，不撒娇，不媚俗，不装腔作势。

制定这些规矩的人就是哥迪沙。他认为，老老实实用自己的技艺作为谋生手段的艺人，应自尊自爱。所以，他严禁自己的戏班里，有那种靠他人施舍图温饱，如乞丐般的行为。更不能在演出的过程中拿人红包而听人摆布，叫演什么就演什么。他只接受那种为表彰他们的演出，而诚心诚意颁发的正规奖状或奖章。

自尊自爱的齐德婵阿迎戏班，决不向观众磕头，也决不收受红包，在古都曼城受到民众的喜爱和欢迎。他们在曼城的演出，一场接一场，邀约不断，根本无须去外地辗转演出了。

他们一口气演出了四个月。那时，婵的戏班已有能力租下吉祥区一栋带院子的气派楼房居住了。还增聘了一位叫拉拉盛的女配角。哥秘达的三个宝贝儿子也能上杜德英办的小学了。

对于所有戏班成员而言，他们在当比翁布施会上捡到的香蕉王子哥迪沙，现在成了他们尊重、可以信赖的一位戏班导演和经理了。

其实他不但是导演和经理，他还加入了乐队，成了乐队的领队。要说是乐队的领队，是因为哥迪沙一次又一次奏出盛额优不会奏的特别难奏的古典乐曲。

《胜利吉祥曲》是曼德勒颂歌暹罗曲。盛额优奏的曲子与多数人演奏的曲子相同，所谓多数人其实也就是全国普遍演奏的曲子，而全国普遍演奏的调子并不是真正的暹罗曲，仅仅是缅甸古典男女双人舞曲。于是戏曲学校是这么奏的，大型乐团也都是这么奏的。盛额优第一次听到了哥迪沙的不同奏法，他所奏的曲调与自己现在奏的完全不同，他的暹罗曲是原汁原味的暹罗曲。由于喜欢，盛额优学会了他演奏的曲子。问题是哥迪沙也说不明白他究竟是从哪儿学到的。

直到现在，他对于自己过去的经历，好像什么都记不起来，也不觉得自己应该去弄清楚。

虽然他并不感到搞清楚自己过去的经历很重要，但婻觉得此事如不弄清楚，心里总觉得不安。

要是有人想从自称认识他的哥钦貌登等人那儿打听了解的话，婻却会说他的情况她了解。可是当谈到他的情况时，婻又会胡乱编点话语，搪塞过去 。其实比起想了解他以前是什么样一个人这一点来，更可怕的是，一旦他记忆起自己的身世后，恐怕他就会远离自己而去了，那才是她最害怕的，不是吗？

有的时候，婻也感到很惊讶。就算他已不记得自己过去的生活了，那么，怎么会竟然没有一个亲戚来寻找他啊？难道他连一个亲戚都没有吗？

一天下午正好没活动，两人练过吹弹拉唱以后，婻乘其不意用哄劝的口吻问道：

“哥迪沙你有什么亲戚吗？啊？”

他皱起眉头，想了想。

“亲戚，唔，当然有啦！”

“有，那……在哪儿啊？”

“在这儿啊！”

“啊？这儿？是在曼德勒？”

“是啊！婥啊，然后又是……婥，婥啊！”

婥哈哈大笑，但瞬间感到胸口一阵哽噎。

“你……说的是真的吗？哥迪沙！”

“什么叫作我说的是真的吗？”

婥叹了口气：

“你没有亲戚吗？”

“我不是说有亲戚了吗？婥啊！你看，吴鑫、玛拉薇、素婶、埃貌、埃桑、埃当，他们都是啊！”

婥不敢再问下去了，再要问下去，不但要引起他不高兴，连自己也会伤心！

日子就这样一天天过去。

婥还获得了当地高官的宠爱，与县长吴敏伦来往亲密。频频出入部长们豪华的大型活动，有时还到只有高官才能出入的俱乐部里去演唱、跳舞。

哥迪沙却很厌恶这些俱乐部。用他的话来说，参加这种俱乐部的人员如同古代王朝的皇公贵族一般，把艺人当作他们享受作乐的工具。一边喝着啤酒、威士忌，陶醉于阿迎女演员的美貌和演唱，如同封建帝王贵族官员一般，甚至还想与之共舞。

颇有些清高傲气的哥迪沙感到痛心疾首，但又只能忍气吞声。对于要与形形色色的人打交道的艺人而言，要违抗权贵高官们的权势，谈何容易，真不易啊！

吴敏伦县长倒不像是个坏人，他甚至滴酒不沾，很另类。而且更为与众不同的是，他对艺术真心实意感兴趣。最突出的特点是，他会弹缅甸弯琴，而且弹得很好。

也由于吴敏伦的面子关系，婻作为一个艺人，在可以保住自己尊严的情况下，有了去俱乐部表演的机会。

感谢吴敏伦，由于他的努力，婻作为一位艺术家获得了一个最难得的机遇。他为婻的阿迎戏班创造了为国家总统演出的机会，而且婻因此获得了总统授予的奖章，多么难能可贵啊！

婻他们来到曼德勒有一年多时间后的一个凉季，吴敏伦被调到仰光，出任文化部副秘书。又过了四个来月后，从吴敏伦那里，传来了令婻难以置信的喜讯：婻被选定成为出访中华人民共和国和苏联的缅甸文化代表团团员，而且由吴敏伦作为团长亲自率团出访。婻高兴得心跳不已，难以自抑。那个在马德亚名不见经传的乡村阿迎舞者——婻，竟要到世界各地去演出了！

只有一人为此高兴不起来。此人就是丑角——哥迪沙！是他竭尽全力，把一个默默无闻的乡村阿迎戏女主角——婻，扶持培养成一位如此著名的女艺人的。

在要出国去仰光的前一天，他和婻一起去曼德勒山拜佛。从山顶的苏道别佛塔朝东边眺望，可看见掸邦山脉的主峰。

正是季风不断的公历六月的时候，朵朵白云随风飘逸，绕山而过。

“浮云飘移，纯心拜祭。何奈飞鸟，犹扰我行。”婻略带伤感地诵读了一首那信瑙（古代缅王名——译注）的诗词。此后，又挽起一动不动的哥迪沙的胳臂说：

“我到了那边以后，只要看到白云，就乘着白云飞回你身边！”

婻满脸笑容，说着笑话故意想逗乐他，但哥迪沙却一点也笑不起来。

“婻，你到了那儿，不见得能见到白云呀！即使见到了，这白云也未必会来到我这儿啊！”

婻深深地叹息了一声，接着问他：

“你……对我要出国，心里是不是感到不高兴啊？哥迪沙！”

哥迪沙笑了笑说：“要是我觉得不高兴，你就会不出国而留下来吗？”

婻拽住他的肩膀，让他与她面对面坐下。

“要是你不想让我去，那我就不去了！”

他无法回答，默默愣着。

“喂！……你倒是说话啊！我的大先生！你不同意，我婻就不去啦！”

他用手挠挠脑袋。之后，看了一眼婵，接着摇摇脑袋，什么也不说，只是眼睛盯着婵。

“你啊！别老那么看着我！哥迪沙！我心里怎么想，你知道吗？”

这时他才冷冷地说：

“你心里怎么想，我清楚。”

他又挠起脑袋来。

“正因为知道，我不好说什么！不知道倒好了呢。好啦！你就去吧！去吧！”

“你说的当真吗？”

“噢！真糟糕！又来啦！明知故问！我为什么要骗你啊？”

这一回，婵没笑。

“你真的能同意我去吗？”

他一再摇着头，用拳打着前面的砖墙。

“婵……你为什么问我这些啊？我回答不了！为什么呢？因为你不属于我，而你却拥有了我。你自己问问你自己吧，你想去吗？”

婵沉默了。说真的，她是想去的，但是不忍心说出口。

“你回答啊？婵……”

婵深深吸了口气，下了决心说：

“我当然想去啊！哥迪沙！之所以想去，不全是从我个人考虑，等我回来以后，你想想，我们的戏班会多么有光彩！看看跟我们戏班唱对台戏的那两个戏班，炫耀说是从国外回来的，可我不服气！”

婵说的都是事实，他无法说什么。

“所以我想去。但是，我诚心诚意地向你请求原谅！原谅我好吗？”

婵的声音有些发抖，眼眶里噙着泪水。

她这么一说，他心中的结也化解了。

“别哭啦！婵！别哭了，因为是突如其来的，我心里不好受。”

他还反过来劝她。

“婵！……去吧！去吧！我诚心诚意地愿意你去！”

婵眼泪扑簌，抬头看着他。他极力展现出笑容。

“与心爱的人不得不离别，都说是痛苦，哪里还开心得起来，婵啊！但是，为了我们能永远在一起，暂时分离这种情况总是会有的，所以，就让我们暂时分离吧。”

他搂着婵的小蛮腰站起身来一起下山。婵边擦眼泪边说：“我永远不会离开你，这一点你要相信哦！”

婵去了国外，说是一个半月回来。

阿迎戏班的演出暂停了。在雨季时分，阿迎戏班停演属于正常现象，不是什么问题。

戏班有录音机，录了一些婵唱的曲子。哥迪沙一有空就放婵录的歌来听。无论是白天还是晚上，甚至清晨，他都会听婵唱的歌。

天要下雨，不敢出门，我的老天爷！……大地之女，来自大地……人在江湖，身不由主……苦苦思念，我的人哟！情感的雨露，丰厚的馈赠……婵只能尽力而为……婵不会死拽情感的纽带不放手……

一天晚上他正听着此歌，流着眼泪。哥秘达过来了，他慌忙地抹去泪水，装出一副若无其事的模样。

“唉！你啊！怎么搞的，我的兄弟！中午听这个曲子，晚上还是听这个曲子，算了吧！怎么啦？婵又不是去阴曹地府，是怎么啦？让你伤心成了这个模样！”

哥秘达讲此话，是在跟他开玩笑，哥迪沙听了却大受震惊，回过头来瞧着他。

“婵不是去见阎王老爷的！这我知道。吴鑫！只要亲耳听到了婵的声音，她就没死，你懂吗！要是听不到她的声音了，那就是没了！只要听到声音，人就都活着，谁也没死！”

吴鑫——哥秘达张大着嘴打量着他。哥迪沙竟然会因此而如此精神崩溃，这是他这位经师所难以理解的。

“老哥是跟你开个玩笑罢了，兄弟，你至于这样吗？哦！对了，你后来还收到婵的信了吗？”

“信是来了的，说现在他们到德国了。再过十几天就会回来了！”

哥秘达晃了晃脑袋。

“吴鑫你为什么晃脑袋啊？”

“我可是心灰意冷了！”

“你心灰意冷什么呀？”

“是这样的，一开始以为要珍惜来之不易的男人生活。现在可知道啦，没有当女人才吃亏大哪！我对佛发过誓，让我犯重戒！”

哥秘达把当和尚时背得滚瓜烂熟的戒条也用上了。哥迪沙倒破涕为笑了。

“吴鑫你为什么想当女人啊？”

“不是说想当女人，而是说想当女明星哪！”

“唔！那就算了！那为什么想当女明星哪？”

“那当然想当啊！看看！都可以跟有学问的人交往。看看我们当丑角的，谢天谢地，连搭理的人都没有！”

哥迪沙听了这话也低头无语。哥秘达说得对啊！如果没有了丑角，谁也不会去看阿迎戏或是缅剧。但是谁也不重视丑角，从不把丑角真正地当作艺术家看待。

“要是像你那样会讲洋话，那我可是不会去当这个丑角的！知道吗？我的老弟！”

“我要是像你那样，考取了经师，那我也不当丑角啊！”

哥秘达气呼呼地站了起来。

“哼！我本来是想当和尚的，之后再坚持积德行善，直至升入天堂。可耐不住清净，所以还俗，背叛了，最后可能会进地狱哪！知道吗？”

哥秘达气呼呼地说了一通后，又转了话题说：“那么，她要是回来了，再演出的话，你打算怎么安排？”

“啊……我正想要跟你商量呢！别的倒也不需要修改些什么，就是想把最后面的小剧做点修改。”

“怎么改呀？”

“不要那种插在两出戏之间的随意短剧，而要正规、体现生活的短剧。”

“唔，那好啊，那我们要先做些什么呢？”

哥迪沙稍许想了想，过一会儿才回答道：

“我们排演一个丹钦钦和当德曼土地王剧吧！”

“唔！好呀！”

“那我演哪个角色啊？”

“按惯例，你演大臣呗！演丹达王大臣或晋温大臣。”

“噢！噢！媂演丹钦钦，然后你就是土地王。好啊！你还是导演，又是丑角！丑角之间的表演还更有看头呢！好极了！”

哥秘达回去了。

哥迪沙看了一会儿外面阴沉沉的天色。此后，拿起小提琴奏起了土地王的一段诗歌曲调唱了起来：“心爱的人啊！我的钦钦！你固高傲，我仍原谅。机遇未到，心存不甘。即便差错，跌倒在地，不离不弃，福运定至。”

十三

离嫔回来的日子越来越近。哥迪沙又变得开心，生龙活虎起来。戏班成员看到他活跃的样子，也都变得很兴奋欢快了。

院子里，又恢复了生机，弹的弹，唱的唱，排练的排练，都在为嫔回来后的工作做着准备。这也是必须要做的。缅历六月已至。为了赶在缅历七月的点灯节庆典之前，做好一切演出准备，现在是该忙于排练的时候了。在临近点灯节之前，将会有人纷纷前来抢先预定戏班。

要编写歌词，要创作对口相声，排练剧本。还要让不久前，刚从歌舞学校来的新女演员珊珊参加排练。今年，戏班里除嫔、拉拉盛之外，还多了一个珊珊。有三个女演员，是实力最强的阿迎戏班了。

哥迪沙心里盘算着，越想越高兴。今年和明年演完以后，要排演一台大戏。要让嫔成为他殷切期望着的戏剧女明星。哥迪沙甚至已经选好了戏剧学校毕业班里的另外两位他看中的男生。

在如此忙碌的情况下，他还抽空去逛阿莫拉布拉的金丝绣花街，但大家并不清楚他究竟去干什么了。

听说婔就要回到仰光的消息的那天晚上，他正在房间里为一个包包忙活着。哥秘达有点不解，便来到了他的房间。

“哎！兄弟！你在忙活什么呢？”

他正专心忙着自己的事，连哥秘达进来都没发现。一听到说话声，还吓了一跳。然后才得意洋洋地笑着说：

“嗨！吴鑫！你过来！来这儿！”

“你这大盒子里究竟装的是什么东西呀？这么大？”

这是一个包装好的四方形的纸盒。是用他从未见到过的、漂亮的花纸包着，纸盒外面还用漂亮的丝带扎捆好。

他没解开带子，搓着双手，一副异常欣喜的笑容。此后，他又好像想起了什么，拉着哥秘达的手，让他在一把椅子上坐下来。

“哎……哎……对了，对了。吴鑫！笑一个！你笑笑！学着像婔一样笑！”

哥秘达简直愣住了。

“你要是说像你奶奶那样笑还差不多，怎么说像婔那样笑呢！”

“呀！吴鑫啊！是说做个笑的样子么！笑一笑！”

“不对啊！你啊！在舞台上，你让我做这个，模仿那个，已经够能胡说八道的了，现在还让我这么莫名其妙地笑，干吗呢！”

"以后你就明白了嘛！好吧，你不干拉倒，走！……赶紧给我出去！"

"哎！等等！我的大爷！脾气倒够大的！干什么发那么大火啊？你要我做什么我就做什么呗！"

哥秘达很想知道盒子里究竟装了什么东西，就又坐下来，他要自己做什么就做什么。

"好啦！……笑笑！来这儿看看！"

哥秘达故意作对，一再做出媚态，微笑着。

"对了！就这么坐着！"

他把刚才拿出来的盒子用丝带迅速地系好，站到了哥秘达的面前。说了一声："媫啊！"

哥秘达睁开了半睁不闭的眼睛看他。

只见他一副一本正经的模样，用双手捧着那个盒子，双脚并立站着，怪腔怪调地说：

"钦……多地洽！"（译注：是"你的哥迪沙！"变调发音）

"这是在媫出国后，我给她准备的。你看看，解开丝带看！"

哥迪沙把盒子递到哥秘达的手中。哥秘达看了一眼盒子，又瞧瞧他。

"解开带子啊！"

他吼了一声，哥秘达才动手解开那一股股系着的丝带。

"把包装纸也解开，小心点，慢点啊！别弄破了！"

根据他的指点，哥秘达小心翼翼地解开，当露出一个纸盒时，又掀开了盖子。这一掀开，简直让哥秘达目瞪口呆！

“哈！……太漂亮了！”

哥秘达一边打开一边赞美着。这是一件女演员穿的、绿底上绣金丝的，闪闪发亮、光彩夺目的女筒裙！

“太美啦！你这是从哪儿买来的啊？”

他开心地笑着说：

“从哪儿都买不到的！我就是因为自己的手不会绣，就到店里去定做的。”

他从哥秘达手中接过筒裙，展开后继续说道。

“你仔细看看哦！颜色多漂亮！虽是绿色的，但不是那种扎眼的绿！也不是那种老里老气的芭蕉绿，最接近的，那就是可以称之为孔雀绿的颜色，既稳重又清亮。瞧瞧金线绣的花，多漂亮！”

“唔！是漂亮！是什么叶子的图案啊？”

“枫叶图案！”

“什么叶？”

“枫叶，这不管它了，就问你漂亮不漂亮吧？”

“很漂亮！那，多少钱哪？”

“三百！”

“嘿！……三百？”

“是啊！但是这不是从戏班的经费出的，也不是用婔的钱买的，是我用自己积蓄的钱，买了送给婔的！”

哥秘达连连点头。

“好啊！……好！为小姐姐买筒裙努力攒钱，别人是说说而已，落到你这儿是真干实干！真棒！”

哥迪沙蹙紧眉头看着哥秘达。

“为小姐姐的筒裙努力攒钱又怎么啦，哪个男人不会为此使劲干哪！你用挣来的钱，给玛拉薇买了筒裙，难道她会不穿放一边吗？”

“哈……哈……啊哟哟！你才会故意藏着掖着呢！”

“不对吗？我可是实话实说啊！”

“对啊！对啊！好啦，兄弟！把筒裙的事接着说下去！”

哥迪沙把筒裙展开放在靠椅背上。面对靠椅，边瞧边后退，就像一个画家在欣赏着自己心爱的画作一般，目不转睛。过了一会儿，才一字一句十分有把握地说：

“这颜色，跟婞非常般配！”

“那难道还会有什么颜色跟婞不般配的吗？”

“但是，这个颜色看着更漂亮！”

“唔！唔！反正你肯定会这么说的！”

他对哥秘达的挑逗，并不反驳，只是慎重地说：

“是的，服装色彩必须得与婞完全般配。有古诗为证，那首诗是这么写的：‘月光内藏碧玉宝，何劳粉黛再装扮。温柔娇美先天在，皎洁无瑕自然媚！’你看，婞的额前垂下的刘海，脸颊和脖子上的一些青筋都是天然之美，加上她浅黄的肤色，不仅有黄金般的色美，还带有琥珀的晶莹剔透感。为了与这首诗的诗意般配，定做了这条筒裙，我特意要他们赶在演出日子之前绣好的。”

哥秘达听他说到这儿，知道已无法再与他继续把玩笑开下去，就同情地注视着他。

“你真的爱上婵了，是吧？迪沙兄弟！”

“爱啊，当然爱啊！这有什么好奇怪的？吴鑫你呢？不爱吗？”

哥秘达轻轻叹了一口气。

“当然爱啊，就像自己的女儿，自己的侄女一样，但是，我问的是另外一种爱！”

哥迪沙眨巴着眼睛朝哥秘达看。他一本正经地，声音不软也不硬地问：

“吴鑫，你到底想要说什么啊？”

“嘿嘿……那个……那个……”

哥秘达现在真不知道他究竟该怎么转弯抹角地说才好了。

“那个么！真糟糕！我得怎么说才好啊！”

但是，哥迪沙似乎已猜出哥秘达想要说些什么了，他板起面孔来，人也有些哆嗦激动了起来。

“不会说就别说！什么时候都别说！听见了吗！好啦，吴鑫！请回！”

哥秘达正在惊愕之际，哥迪沙却拽起哥秘达的手臂，把他推出房外。然后，听到房门猛的一声插上插销的声音。

哥秘达在门口犹犹豫豫，木然地站了一会儿。然后摇摇头往回走。

*

从报纸上得知婵等一行人已回到仰光的消息。婵到仰光后两天，哥迪沙就收到一份电报。电报上写着：

“后天回来，如未收订金，先别收。”

哥迪沙看不懂电报上写的意思。婵为什么不能马上回曼德勒？为什么不让再收订金？

第二天，从报纸上得到了答案。

报纸上的消息称：著名阿迎戏女演员齐德婵与一个公司签约，成为该公司的电影演员了。签约的内容中还包括她不再演阿迎戏了。此消息震惊了整个阿迎戏班！

婵！……曼城的心肝宝贝，心爱的女演员要进入电影界了！

那以后，这个一直依赖着婵的阿迎戏班又怎么能维持下去？齐思雅和两位配角女演员都号啕大哭起来。

只有哥迪沙一个人没哭。在他刚得知此消息时，就大发雷霆。由于过度的气愤，大家都以为他疯了！

整整一天，他谁都不见。把自己一个人关在房间里，生闷气，下午也不出来吃饭。

第二天，下着大雨的清晨，婵乘夜班火车回来。与婵一起来的还有电影公司的富豪大老板和导演。

面对围上来的戏班成员们，婔只能敷衍搪塞应付了事，之后她径直奔向哥迪沙的房间。房门敞着，人不在房间里。

“吴鑫！……哥迪沙呢？哥迪沙哪儿去啦？”

哥秘达睁大双眼，发懵了！

“昨晚还在啊，一直在啊，我还来叫过他一起吃饭呢！”

“那他现在去哪儿啦？”

“那我哪儿知道啊？唉！那你是怎么搞的啦？”

“我又会怎么样啊！吴鑫唉！遇到了一个难得的好机会！一连签了三份片约，第一部片先给了一万元！”

“啊……有一万？”

“这么多钱，要是演阿迎戏，恐怕演一辈子都挣不来啊！”

“这倒也是，但是你为什么不早点跟我们商量商量啊？”

“我倒是想到过的，但怕大家不同意啊！”

“你怕我们让你搞不成，可现在你把整个戏班都搞垮了！婔妹啊！”

看起来，这句话，一下深深刺痛了婔的心。

“我决不会拆戏班的台！女演员拉拉盛不是已经有点名气了么！还有你吴鑫呢！你们继续干下去吧！一切花费先由我来垫付。不过，我想要叫哥迪沙跟我一起去仰光。”

“但是，你的人哪？”

婔就像一个丢失了儿子的母亲一般，又从前屋跑出门去。

与坐在那里的每个戏班成员那种垂头丧气的样子完全相反，

那两位跟婻一起来的老板和导演，正襟危坐，得意地抽着香烟，也不知何故在那里窃窃嬉笑。

婻很想让大家别泄气，鼓励大家，但现在她忧心忡忡，内心焦虑的情绪挥之不去。屋外，曼城迟来的雨越下越大，雷电和风雨声交织在一起，似乎老天爷在宣泄暴怒。

婻的目光转向院子门口。

“哥迪沙！”

他站在院子门口，浑身被雨淋得透湿。

婻自己似乎已经不知道在做什么，冲入雨中跑过去想搂住他。他却伸手挡开，躲开她，径自向屋里跑去。

婻呆呆地站在雨中，等她回过神来，才又追到屋里。在房门口追上了他。他手中正拿着前天晚上，像心爱的宝贝一般向哥秘达展示过的孔雀绿女筒裙。

他的脸色苍白，充满伤心痛苦的神情。正当婻呆若木鸡地看着他的时候，他把手中的筒裙使劲撕了起来，直到撕成碎片。

“哦！……哥迪沙！你……你……干什么呀！”

婻说着上前抱住他。他粗暴地把婻推开。婻伤心地抬头瞧着他。他的双眼似乎要喷出火焰，目光如炬。他的脸也似乎不由自主，失去了知觉。

婻惊恐万状，往后倒退了一步，但是，为时已晚。他举起手一巴掌使劲打在婻的脸上。

“哎哟！妈呀！哥迪沙！”

这就是婞最后发出的声音！

他朝蜷缩着倒在地上晕过去的婞，怔怔地看了一眼。

之后的一瞬间，还没有等其他人反应过来拉住他，他已狂奔而去，并消失在昏暗的滂沱大雨之中。

*

他所讲述的有关阿迎戏女演员齐德婞和哥迪沙的这段剧情，到此结束。

Chapter 4

第四章

雨 夜 雾 梦

十四

他的剧情，已经结束。玛德意也无须再了解后面的情况了。

要是对于他们的故事过于投入，她会感到心里堵得慌。正因为如此，在自己还不清楚下一步要做些什么事之前，先去接近他。她忘记了自己现在实际就是在从事心理学的工作。是啊！女人的身上，天生就有一颗慈母之心。

玛德意用柔软的手掌轻轻地抚摸他的脸，让他仰起了头。

“貌敏伟！貌敏伟！意姐为你心里感到难过！你的全部经历和感受，令意姐我，感同身受。”

玛德意平静地微笑着，又心平气和温柔地说：

“只要是人，都会遇到这样那样的痛苦和烦恼，不是只有你貌敏伟一人才与众不同受此折磨。另外，建立在情感基础上的人类社会，并不是都像在爱情和怜悯方面，心灵受到过打击而产生误解的人那样，都那么缺少爱心，都那样无情无义。”

玛德意满怀同情心，满脸微笑，说了这些结论性的话之后，她收回了放在他脸上的手。

“好啦！去睡吧！弟弟！明天一早，意姐还有好多话要跟你讲呢！我先回去了，听见了吗？”

他的模样，好像已经把内心郁积的一切都倾吐完毕，并且早已精疲力竭，疲惫不堪了。

他一会儿目光盯着玛德意，一会儿又盯住照片上他的母亲。一句话都不说，长长地叹了一口气，走出了房间。

这时，玛德意才走到一张沙发旁，四肢放松，坐了下来。屋外，雨已停。一弯新月又从云端中探出，银色的月光普照大地。

*

第二天一清早，玛德意请吴敏凯到她房间来见面。这些天，女老师因疲惫不堪，原先白净的脸色变得焦黄暗淡。

“大侄女！你怎么啦？看上去精神欠佳，是不是累着啦？”

玛德意淡然一笑说：

“没事！大叔！我身体没事，挺好的，只是最近晚上有点睡不好。”

吴敏凯同情而敬重地看了看她的脸，问道：“你说说，有什么事？”

“就是关于貌敏伟的事，大叔！对您而言，像是谜一样的事情！我想给您解开这个谜团呢！”

“啊！我也是很想知道到底是怎么一回事哪！大侄女请说！”

玛德意稍许思考了一会儿。她在想要怎么说，才能把只有心理学者能理解的意思，简单明了地给吴敏凯说清楚。

“说呀！大侄女！”

“是！我会说的。大叔！我正在想从哪里说起才好哪！大叔！您还记得我说过的有关精神病的事吗？”

“记得啊！大侄女！”

“貌敏伟得的是一种精神疾病，属于‘歇斯底里’一类的‘人格分裂症’的一种。”

“人格分裂症……那是什么病哪？大侄女！”

“这是什么病，我尽可能给您解释清楚。人总是清楚和牢记自己一生中身心长久经历的遭遇和感受。然而，如果这种遭遇和感受，极度痛苦和极度沉重，那么他就会设法忘掉和磨灭这些遭遇和感受，这乃人之常情。因此，即使是一个正常人，有时也会嘟囔说：‘把发生的一切都忘了就好了！’或者说：‘这事要是一开始不发生就好了！’‘我要是死了倒没事了！’，等等。”

“说得对！这我能理解。”

“一些命运不济的人由于遇到了无法解脱的苦难遭遇，会真的统统忘却了自己今生今世全部的身心遭遇。这种病人，一般是首先在心理上不能接受，感到羞耻、害怕、焦虑等。接着，人常常会受到这种无法摆脱的焦灼心情的煎熬。有了这种心情，就会进而产生担忧、惊恐、自卑的心理。因此，他们想摆脱现实生活，极力幻想逃避到另一种新生活、新世界去。但是这种想逃避的想法常常又与考虑前因后果的理智思维，如拔河一般较劲互相冲突。这样，越是较劲冲突就会越担忧、恐惧。最终人的理智思维弱化，担忧和恐惧的想法占据上风，犹如把一个人全身封闭在漆黑之中。此时就会全部忘记自己的苦难生活，脱离现实，进入一个被心理所蒙蔽的地方，即所谓的新世界。在塔死去后，貌敏伟就属于这种情况，貌敏伟变成了哥迪沙！大叔！”

“噢……噢……是啊！但是，请让我再问一下，人人都会遇到这样那样的遭遇和焦虑，不是吗？为什么有些人就不会发生像他那样的情况呢？”

“要问怎么有人有，有人又没有遭受像他那样的后果，那就得问问他们是否在各方面的遭遇都一样啊。还要把所遭遇的情况，从头到尾都查一下。心理疾病形成的初始原因，应该与幼年的生活和遭遇有关，那是最重要的。这类病人在其幼年时，曾经遭受过与其年龄以及他的幼稚的想法和柔弱的心理力量很不相称的经历。他们甚至面对过严重的令人可怖的创伤性经历。貌敏伟在他母亲的那次再婚之日的夜晚便遭遇了这样的经历。”

玛德意把从貌敏伟处了解到的情况都讲给吴敏凯听了，吴敏凯表示理解的样子，点着头。

“一个孩子，要体魄发育良好，需要有足够的营养，同样，坚强平衡的心理素质，特别需要有爱的营养，所谓早期的爱可以从母亲那里获得。母爱就如同母亲的乳汁一样重要。人类的每一分子要是得不到他应从母亲那里获得的母爱，失去母爱，就失去了作为人这种物种的要素。现在，在心理学领域，有了一个新名词，就称之为‘情感饥饿’，凡是有情感饥饿的人就像是缺少了某种营养，总会患有这样那样的心理疾病。对于像貌敏伟那样经历过突然失去了母爱的孩子而言，那就更不用说了。”

吴敏凯深深叹息了一声，得出了这样的结论：

“嗯！所以佛祖曾经在布经讲道时说过：父母之恩，深如海。而父母之恩中，尤其是母爱，最值得称颂……嗯！嗯！再往下说！大侄女！”

“简而言之，人与人之间的交流是受其与父母之间的关系影响的，有的年轻人对父母有憎恨、逆反心理，长大以后，也常常会对老师、政府、国家、社会等有逆反心理。在我的学校里，曾经有过一些戴红袖章的年轻人，他们之中不少人，就是情感饥饿者。”

对此，吴敏凯很欣赏地笑了。

“貌敏伟长大以后，遇到了塔，他把塔当作了母亲一样的人，就像对待母亲一般亲切地对待塔，也怕像失去母亲一般地会失去塔。有时候也会像恨母亲一般地恨塔。”

“他怎么又恨起他母亲来？”

“是的，他认为母亲虐待他，冷淡他，他没有把这个看法放在心上，而是把它放入了潜意识之中，而他的理智却是恨自己，代之以恨他母亲。由于他的原因，母亲的再婚不顺当，他的心里始终念念不忘他是个丧门星的想法，所以他虽然想接近塔，但又离塔而去。塔死了，他又自责起来。他发病之时，就一再呻吟“我错了”，反复自责。在心理投射测试和罗夏（墨迹）测试中，从他回答得出这样的结论。要说人某一时间憎恨自己，不宽恕自己，是可能的，但是长此以往是无法忍受的。如无法忍受，就只有结束自己的生命一条路。这样，他就结束了貌敏伟的生命，变成了哥迪沙。”

“啊！明白了，我明白了。”

“与婣邂逅的这段生活，是他多少年来想得到而无法得到的生活。在许多方面，婣又成了他的母亲。他就想像依赖母亲那样依赖婣。他想让婣成为他的母亲，他可以无所顾忌地与他的母亲一起生活、工作，即使他干不了的事情，也与婣一起勉强去做。但是当婣抛弃阿迎戏班，步入电影圈的时候，他的新生活随即轰然崩塌。这时，他潜意识中存在的憎恨暴发了，狠狠揍了婣一顿，随之伤心地抛弃了哥迪沙的生活，又成为貌纽迈了，从此以后过上了这种生活……”

玛德意没有再说下去，停住了。

“接下去说，大侄女！过上了这种生活以后，他会怎样了呢？”

玛德意深深叹息了一下，轻声轻气地说：

“到了这种生活环境时，他又遇到了可看作他母亲的第三个女人。”

“啊？第三个女人？”

吴敏凯正感到惊奇时，玛德意点点头说：

“这个女人，不是别人，就是我，大叔。”

吴敏凯沉默无语。

“他不敢把我当作母亲，他就把我当作过去生活中的姐姐来对待，他的意识里有时会出现过去经历过的场景。对此，他是如何自己骗自己接受的呢，他就把自己认作是一个预知来世生活的人。有时似乎会重回貌敏伟的心理状态，当重回这种状态时，他会以来世特定的另一个人的口气说话。巧合的是这个院子里有一个他顽固迷恋的东西。这样，貌纽迈就能以貌敏伟的身份出现，想干什么就干什么，无所顾忌。”

吴敏凯好像是弄明白了似的，连连点头。

“在他的潜意识中，似乎至少还记得哥敏伦。我和哥敏伦散步时，又引起了他的误会和担忧，以为又会失去我，所以那天晚上他就像他小时候那样，跑到桥那儿，昏倒在地上。但是我非但没有失踪，反而是守在他身边，更加体贴地照料他。这就是他又重新想起了过去生活的起始。”

“怎么……怎么啦……我有点跟不上了！”

“是这样的，我是一个医治心理疾病的医生。心理疾病患者会把心理医生误认为他们生活场景中形形色色的角色。这类角色可以是令人讨厌的，也可以是可爱的，或令人可怕的，各种各样。换句话说，他会把心理医生放在其中，重新游走在他过去生活的场景之中。我则成了他的母亲，也成了塔，成了婵。但是我可就是我哟，他所肯定无疑的人一个也没有出现。对于我，他不会有一点担心和害怕。他只是害怕失去我，不想失去我。这时，他就不再把我看作是他的母亲、塔、婔，等等，转而认定我就是玛德意。这样一认定，他马上不再认为自己是只有八岁大年纪的貌敏伟，而认为是眼前长大了的貌敏伟了。这种情况，在心理学上称之为重新教育。也就是说，摆脱迷恋状态，回归真实的世界。摆脱迷恋状态之时，与迷恋状态相依附的忧虑、害怕症状也就消失，而他因忧虑、害怕引起的病症也随之消失。”

“他的病真的好了吗？……”

“他的病是因为他对他过去的生活失忆引起的，现在他记起了他以前的生活，从这一点讲，可以说他的病消失了。但是还需要进行医治，增强他的心智。可是，这后一部分的医治，我不能继续做了，大叔！”

“怎么啦？大侄女！是要回仰光吗？没有关系，我和貌敏伟可以一起去仰光。”

玛德意深深叹了一口气，摇了摇头。

“我不能再继续为他治这个病了。大叔，其实一开始，我就是因为实在躲不开，硬着头皮，才承担了治疗的责任。其实，患者与医生性别不同，在治疗过程中，医生会遇到很大风险。”

“有什么危险哪？大侄女？”

玛德意苦笑了一下。

“虽说貌敏伟病的症状已经消失，但他的情感饥饿症并没有好。因为我们很接近，他会期望我给予情感。但是我的情感不可能无止境地给予。大叔！”

吴敏凯突然激动起来。他瞥了一眼玛德意，竭力想说些什么，但又马上克制住自己的心情，沉默下来。

“大叔！您想说什么就说出来吧！”

吴敏凯摇了摇头。

“难办哪！我要是说了，不知大侄女会理解我吗？”

“我始终理解大叔的善意，大叔！”

吴敏凯爱怜地看着玛德意。

“这样说来，我认为现在可以对大侄女说了。大侄女你一定已了解，我身后的所有财产的继承人，就是我唯一的外甥，他是我一切情感的寄托。”

“这点我已知道，大叔！”

“同时，我还有一个如同我亲生儿女般亲密无间，也是我寄托了希望的一个人，大侄女也一定知道的！”

玛德意没有回答。只是垂下了眼睑。

“这个人就是大侄女你啊！我曾经做过梦，梦见你们两人结婚了！”

玛德意叹息了一声，起身走到窗前站着。心跳有点加快，不敢接话。

吴敏凯走近玛德意。

“你生大叔的气了吗？大侄女！说实在的，我知道我这么说，有点不合理。大侄女你的学历高，跟大叔我的外甥，这么一个病人不相配，我懂这个道理。”

玛德意转身向着吴敏凯，她的双眼不知不觉湿润了。

“我的学历、我的地位等都不重要，再说就因为是个有病的人，就拒绝，这与我内心的同情心也不相容，然而……”

玛德意又转向窗户那边，目光转向农田和岱色的山脉，凝视着眼前的景色。心想为什么这片田野和岱色的山脉会牵动我的心扉，让我伤感呢？

“然而什么啊？大侄女！你是想说，还有貌敏伦呢！是吗？”

玛德意没转过身来，只是直摇头。

“这与哥敏伦没关系！大叔！说实话，我承认，我对哥敏伦有感情，但是，这感情，并非爱情。因为说那不是爱情，就不可能过渡到两人的爱情生活，那倒也不是。但是，从目前来说，也无须过渡了。”

“大侄女！这么说你同意貌敏伦娶嫲，是吗？”

“我无权管他的婚事，连他母亲都无权干预。先前，说过不该做错的事，就别让他做错了。于是曾经不鼓励哥敏伦娶嫲，但即便如此，也没有用委婉的方式阻止他娶嫲，只是说让他自己斟酌决定。大叔！这都是为哥敏伦好。这种好心我就是按照他母亲的愿望，不是以一个未婚妻的身份，而是以哥敏伦小时候的小伙伴的身份，劝说他的。”

吴敏凯说：“我已理解了大侄女的好意。”

“现在可是变成了另一种情况。这一次该做决定的是嫲，大叔！她想嫁给哥敏伦的话，可以嫁，或者是另找一个人。”

“哦？你的意思是，婔想嫁给貌敏伟的话，可以嫁，是这个意思吗？”

“对的，大叔！是想嫁的话就嫁，我并不是说必须嫁。”

“那么，貌敏伟呢？你是否认为貌敏伟会娶婔呢？”

“大叔！我回答不了这个问题。”

“那好！大叔我给你出个题，假如婔决定嫁给貌敏伦了，或者是假如貌敏伟不想娶婔，还有，貌敏伟喜欢上大侄女你的话，你会怎样？”

玛德意微微一笑。

“这个问题，我倒可以回答，我不可能嫁给貌敏伟，原因是，作为一个心理医师，不能跟患者有这种关系。这是我们的操守。”

吴敏凯凝视着玛德意，只见她一点没有生气，庄重而文静。吴敏凯有点气馁，不再说什么话。

“我要再说一说貌敏伟未来的前途，大叔！我已经不应该继续为貌敏伟治病了，病人和医生之间是不允许有任何私人关系的。现在没料想到因为婔和哥敏伦的关系，我要成为这场戏中的一个角色了，这是我始料不及的。”

“那么我该怎么办才好呢？”

“对此我想谈谈！大叔，您把您的外甥带到曼德勒去，那儿有能继续医治他的病的我的老师。直到今天，我的医治情况和测试结果，也都是跟我的老师商量沟通过的。我的老师能给他最大的帮助。”

吴敏凯有些灰心，起身准备离开并说：

“那好吧，你认为怎么好就怎么办，我来安排，我会一起去的。大侄女，打算哪天回去啊？”

“我明天就想回去，大叔！”

从吴敏凯的脸上，可明显看出有些伤心。玛德意也显得依依不舍。

“哦！……这样说来，还有必要让貌敏伟见见婻吗？”

“有必要，大叔！但现在为时尚早。我可以给哥敏伦先打个招呼。貌敏伟在曼德勒的疗程结束后，他们双方也可以见面，但愿他们会把他们之间的问题了结。”

然而，命运没能让他们等到那一天！

玛德意的话音未落，一辆汽车急速驶进了大门。玛德意和吴敏凯面面相觑，二话没说，一起快速跑下楼来。到了楼下，看着来人，玛德意惊讶万分，张大了嘴注视着对方。站在那儿的那个人，竟是一位皮肤细嫩、漂亮的年轻女子。

“哥……哥……哥迪沙……哥敏伟是住在这儿吗？”

“姑娘，您是哪位啊？”

那姑娘还没回答。书房的门开了！门口站着貌敏伟！

“哥迪沙！”

这时，只听到那位姑娘声嘶力竭的喊叫声！玛德意很快回过神来，想前去阻拦，但为时已晚。

婵不顾一切，冲到她的哥迪沙身旁，跪下后抱住他的双脚，痛哭流涕。

十五

貌敏伟，也是哥迪沙，突然之间，不知如何是好，呆呆怔怔地站在那儿。过了一会儿，他才用双手抚摸着婵的头部，并看着玛德意和吴敏凯。

吴敏凯瞧着玛德意，好像要问她怎么办，玛德意叹息着，向饭厅走去，吴敏凯随之跟了过去。

哥迪沙扶着婵的肩膀，让她站起来，一起走到书房的沙发边。

婵流着泪，开始说：

“哥迪沙，你……还记得我吗？”

他枯槁的面容上，显出些许笑意。没有回答婵，反而发问：“你是怎么知道我在这儿的呢？”

“是昨天，哥敏伦说了，我才知道的。他故意捂着拖延不说，不然，早知道的话，我早就会来找你了。知道吗？哥迪沙！”

“你为什么要到我这儿来呢？”

婥又伤心地看着他。“你问我，为什么要到你这儿来？是吗？你真忍心问我啊！”

婥又泪流满面。之后，她又疼爱又生气地说：“要是早知道你在这儿，我能不来吗？”

他灰心丧气地摇了摇头，没有再说什么。

“难道你连话都不想跟我说了？哥迪沙！是吗？”

他伤心地朝婥看了看。

“我该对你说些什么呢？”

两个人互相看着对方，默默无语。

“你难道没话可跟我讲？但我倒有好多话要对你讲！不过，我不知从哪里开始说起。”

他又笑了笑。还是什么也没说。婥很不满意，一肚子的伤心委屈喷泻而出。

“哥迪沙！”

“唔！”

“你是记得婥的，对吗？”

“我记得婥！”

“那你生婥的气吗？”

“我不生婥的气！”

“你真的对我没有生气啊？”

“我对你没有什么好生气的，再说，这个世界上，已经不再存在一个叫哥迪沙的人了！婵！”

婵咬紧了牙关，流下了两行热泪。

“可对我来说，哥迪沙还在，所以我还有许多话要对你讲！”

“那就说啊！婵！我听着呢！”

“自从你失踪以后，我就到处找你，到处找也找不到，就盼望着，会不会在一个下着大雨的晚上你就会回来了！但是，一天又一天，一月又一月过去了，哥迪沙再也没有出现过！我灰心了。”

婵的脸颊上流淌着眼泪，说话的声音也痛苦难忍，伤心欲绝！

“最后，我就接受了哥敏伦对我的情意，他对我体贴关怀备至。对我而言，我要有个人做依靠，哥迪沙！我想你对这一点一定是会理解的。”

只见他已经无法掩饰脸上伤心的表情，然而依然没有说话。

“甚至，在已经不得不要举办婚礼的时候，我还在盼着你会出现，在没见到你之前，我不能跟他结婚！现在，我总算见到你了！”

只见他垂下了头。

“哥迪沙！你很难过吗？”

“说啊！婵！继续说下去！”

“我已不忍心再往下说了！哥迪沙！但是不说不行，我要说的，不说出来，这事就没有个了结。”

婷每当要说难以启齿的话之前，会有一段长长的铺垫。

“说吧！婷！不必考虑我。”

婷横了横心，最后，把自己想要说的话都说了出来。

“如果你仍然过着过去那种生活，我重又见到你，我会做什么，不用说，很清楚。现在却犯难了，哥迪沙！在你失踪的时候，我接受了哥敏伦的爱。现在又与你哥迪沙重逢，正如你说的，现在的哥迪沙，已不是从前的哥迪沙了。我已从哥敏伦那儿听说了，而且现在我自己也已目睹了。你哥迪沙已是拥有几十、几百万财产的司法部长的唯一继承人。现在这时候，我要是拒绝他的话，就不合适了，无论我的情意有多真诚，都不合适了。所以……”

婷稍许停顿了一下，后又痛心疾首地继续说了下去：

“所以，哥迪沙，请你允许我和哥敏伦结婚吧！哥迪沙！我就是想从你口中听到你说这个话！我就是要亲耳听到才行！为此，这回来看你，是在他不许我来找你的情况下，背着他，我偷偷一个人来找你的！”

他咬紧了牙关，默不作声，紧闭双眼。

“还有，他在前天已经辞去了秘书职位。哥迪沙！”

就是这句话，让他低着的头又抬了起来。

“有人说，他身为秘书却不像个秘书，还诬告他与女明星瞎搞，有男女关系问题，还拉关系让我出国。以后，他还会想方设法让他的女明星获得电影明星金奖，等等。哥迪沙，你是了解哥敏伦对艺术是多么喜爱的人，对吗？”

对此，他点头表示同意。

“这样……他为了我名誉扫地。以后，我要是靠自己的实力真的获得了电影金奖，也由于所谓他的原因，我的艺术声誉会受到影响。因此，虽然我反对，但他还是辞去了工作，现在，他已不再是秘书了。”

讲了这么多，已足矣。他站了起来，用手捧起婂的脸，爱怜地说：“我很钦佩你对我如此有情有义的等待，也很敬重为了爱你而舍弃官职的哥敏伦。我祝你们愉愉快快、白头偕老！你回去吧！婂，回去吧！我原谅你，你就在我面前快快离开，婂！”

婂不禁眼泪如断线般往下流。

婂不再说什么，从沙发上起身，恭恭敬敬地向他行了跪拜礼。

他没等婂跪拜完，背向婂走到钢琴旁，站立在那儿。

“我要走了，哥迪沙！”

婂做了最后的告别，走出了房间。

此时，屋内没遇到任何人，也不必再说任何告别的话。她匆匆跑向自己的汽车，向她的司机发话：“哥定瑞，开车！回去！回仰光，快点开！”

听到汽车向外驶出的声音，玛德意和吴敏凯走出房门外。玛德意走进书房。只见貌敏伟站在墙上挂着照片的下方、钢琴的前面，如同雕像一般一动不动。

玛德意向吴敏凯作了一个让他出去的手势，然后自己走到离他身后一定距离处停下来。

“貌敏伟！……”

他转过身来，只见他脸上巨大的泪珠还在往下滴。在玛德意木然发呆地看着他的时候，他竟然破涕为笑，他的笑慢慢浓烈起来。一时间，如同疯癫一般，放声哈哈大笑不已！

“貌敏伟……哦！貌敏伟！……你怎么啦？”

他没有回答，继续狂笑不已，走到了落地玻璃窗前。玛德意靠近他的身边，当看到了他的双眼时，惊诧得朝后倒退了一步。

“意姐！你别后退，我没有疯。我心中已经不再存在让我疯癫的感受了。”他收敛起笑容。

“意姐你说过，你们学的医学——心理学，是一门挽救心理疾病患者的学问。但是，我想问你这位亲爱的意姐：是否所有的医治、治愈，都可以称之为‘治病救人’？意姐！”

他又笑了。

“有一回，在一个人生轮回之中的雨夜，我做了一个美梦，所见一切令人怀念。在梦境里，我幻想中的彩云端宫殿，奇妙地来回飘浮。是意姐你把我送回了这个感受痛苦的真实世界——大地上来，这不是我该感谢你的吗？”

他又哈哈大笑起来。

“说真的，如果大家都如实认同，那么所谓生活其实就是人的认识而已，意姐！所以只要自己认为自己的生活很美好，这个世界对自己来说，也就是十分如意的了。”

他的表情有些气愤和自傲。

“我所认为美好的一切，也许在你们有学问的人看来，这只是闪电一般，你们想这么说，也可以这么说。可是，对我而言，那闪电实在非常美妙，犹如久旱遇甘露。只有闪电释放出真理之光，才会降下真情之雨。究竟谁能让老天爷阴雨连绵？意姐！”

他高兴地拍着手，大笑着，好像把内心郁积的一切都倾泻了出来，显得异常轻松愉快。等他笑够了以后，才严肃地对玛德意说：

“雨夜雾梦已结束，意姐！我想继续做梦，但它再也不会出现了。别担心，意姐！哥迪沙和婥的这段情已经结束，作为这出戏的尾声，大结局，他们的婚礼，我是会出席的。到那时候，意姐你要是与我一样敢去的话，咱们再见面。现在我要对你说再见了！你回去吧，赶快回去吧！”

最后，说完这句话，玛德意还来不及阻拦，他已经径自冲出房间，快步而去。

十六

想赶在开学前回仰光的玛德意，像是做了一个长长的梦后惊醒了。但是，到达仰光之后，仓促之中，好像又做了一个新的噩梦，吓坏了自己。

先是得知哥敏伦辞去了文化部秘书的职务。接着，知道哥敏伦和婥将在缅历八月举行婚礼的消息。再后来又见到了抹着眼泪、愁眉苦脸找上门来的哥敏伦的母亲。

做母亲的好像总是会因为疼爱儿子，而不懂得儿子的爱情。

而玛德意以一个发小好朋友身份，为这位丢了官职、又遭至亲好友白眼、麻烦缠身的哥敏伦要举办婚礼伸出了援手。无论是因婥与哥敏伦之间真正的爱情之光，还是因自己与朋友之间永不暗淡、两小无猜的友情之光，玛德意要亲手淡化这出晦暗的悲剧。

早在婚礼吉日之前，报纸就大张旗鼓纷纷报道了有关著名女演员与因心爱人而弃官的前秘书喜结良缘的消息。

不知是不是雨神也感到荣幸而赶来捧场，结婚的当天已是缅历八月的上半月，竟出奇的大雨倾盆，经久不停。

*

在市政厅，来宾熙熙攘攘。

婵和哥敏伦的朋友们，有戏剧界的，电影界的。歌唱家们的演唱丰富多彩。吴敏凯一个人来参加婚礼。他是由吴翁莱亲自为他驾车来的。

貌敏伟原先曾说，“作为这出戏的最后大结局的落幕式——他们的婚礼，我是要参加的”。可日子快到时，他却又变卦说他不出席婚礼了。这个消息是玛德意从吴敏凯那里得知的。玛德意一开始就认为貌敏伟不来参加婚礼，对大家都会更好些。

对此，她心里感到满意，并作为男方的亲戚，全力投入了准备婚礼的许多杂事。

婚礼就要开始了。

“美好时辰已到！仙子书写金色礼书……祥光普照，良辰吉时已到！”

乐队奏起了婚礼曲，优美动听的歌声响起。这时，玛德意有点颤抖，两眼转向市政厅大厅入口处。

雨中一辆汽车驶入并停在大厅入口处。

一位身材修长、西服笔挺的男子从车上下来。

“谢谢你，貌山久！你一直不停地在开车，开得挺快，一定累了。你就到那边茶馆去休息一下吧！到十二点钟，我会来找你一起回去。”

他对貌山久做了这些嘱咐之后，平静地走进大厅。

他沿着大厅的走廊走到大厅入口，静静地停住了脚步。

大厅里飘出了乐队演奏的乐曲，歌声清澈响亮。

“大梵天……右边带着小海螺……灌水铸造……那就是南瞻部洲。”

他朝大厅里探望，只见婂和哥敏伦并肩端坐在舞台中央的三宝阁内。他站立在门口，脸色变得越来越忧伤。此时，一个小孩在他面前走过。他朝小孩看了看，小孩走下台阶。

就在这一瞬间，他失去了原先的平静，急匆匆紧跟在那个小孩后面。在人多嘈杂的一层过道拐角处，他跟丢了那个小孩。这时，他加快脚步，他在人群中挤进挤出寻找小孩。

最终，他在小金塔路的人行道上，又看到了那个冒雨向前奔跑的小孩。他继续跟随小孩。小孩跑他也跑，但这一回他才发现他现在跟随的并不是原先的那个小孩。

雨如水注般倾泻到他的脸上，狂风也又猛又急地刮到他的胸前，推搡着他。但他对此全不在意，不管不顾地径自跑到河滨的一个码头栈桥桥头边，停了下来。掠过灰蒙蒙江面的大风，刮走了白花花的雾气。

站立在江边的他，能够听到水浪汹涌拍打江岸的声音。此时，又传来了雨夜的呻吟声——蛙鸣声和蝉鸣声。江面消失了，出现了汹涌澎湃河水流淌的棕色小河。最后出现的是那座早已破败不堪的老旧小桥……阴沉辽阔的天空好像要塌陷压下来一般，雨雾密不透风地笼罩了大地。他使劲扶住栈桥的栏杆，低头看着浑浊的河水。合着节拍的浪涛搏击声呼唤着他，似乎在向他发出邀请。他紧闭双眼，打算借助栏杆的力纵身跃下。

就在这千钧一发之际，他的上臂感觉碰到了一种柔软的东西。他重新睁开双眼，开始看到一双洁白的手，接着又看到被雨水湿透的白色上衣与皮肤粘连在一起、丰满而柔软的手臂。之后……

“意姐，是你！”

他的声音仅仅是一种抽噎的低声，玛德意抓住他的胳膊，站立着。

玛德意乌黑的头发也像身上的衣服一样完全湿透，然而，她对这一切全然不顾！

带着纯洁友情的微笑依然挂在她脸上。她清新平静的笑容是赠给行将结束的雨水的。他也笑了。之后，他们松开了扶着栏杆的双手。两个人手挽着手，在风雨中散步，离开了。他们究竟去了何处，无人知晓。

寒季之初，姗姗来迟的雾濛随风飘啊，飘啊，终于散尽了！

全书完

译名对照表

德格多鹏奈	တက္ကသိုလ်ဘုန်းနိုင်
康拉德	**Conrad**
勃罗思	**Proust**
詹姆思·乔西	**James Joyce**
弗吉尼亚·伍尔夫	**Virginia Woolf**
卡夫卡	**Kafka**
沙特里	**Sartre**
布罗依尔	**Breur**
弗洛伊德	**Freud**
伯特兰·罗素	**Bertrand Russell**
貌敏伟	မောင်မြင့်ဝေ
哥迪沙	ကိုသစ္စာ
貌纽迈	မောင်ညို့မှိုင်း
吴丁貌	ဦးတင်မောင်
吉素顿	ကြည်စိုးထွန်း
玛德意	မသက်ရှိ
勃固山脉	ပဲခူးရိုးမ

达亚瓦底	သာယာဝတီ
卑谬	ပြည်မြို့
傍底	ပေါင်းတည်
岱贡	သဲကုန်း
吴登貌	ဦးသိန်းမောင်
巴莫博士	ဒေါက်တာဘမော်
巴汉博士	ဒေါက်တာဘဟန်
登博士	ဒေါက်တာသိန်း
吴拉佩博士	ဒေါက်တာဦးလှဖေ
仰光市	ရန်ကုန်မြို့
吴敏伦	ဦးမင်းလွင်
吴敏凯	ဦးမင်းခိုင်
塞亚山	ဆရာစံ
多达瑞	သော်တာဆွေ
（吴）翁莱	(ဦး)အုံးလှိုင်
杜乌	ဒေါ်ဦး
貌山久	မောင်စံကြူး
（玛）迎钦	မငြိမ်းခင်
茵莱湖	အင်းလေးကန်
掸邦	ရှမ်းပြည်
彬乌伦	ပြင်ဦးလွင်
吴奥巴达	ဦးဩဘာသ

诺威尔	နိုဝယ်လ်
吴丹	ဦးသန့်
因玛	အင်းမ
瑞当	ရွှေတောင်
傍德莱	ပေါင်းတလည်
莫里斯・戈登史密斯	**Maurice Goldsmith**
娓（即后文的齐德娓）	နွယ်
那达林	နတ္တလင်း
阿迎戏	အငြိမ့်
貌温定	မောင်ဝင်းတင်
貌腊敏	မောင်လှမြင့်
曼德勒	မန္တလေး
心理投射测试	**T. A. T.**
罗夏（墨迹）测试	**Rorschach**
莫顿・普林斯	**Morton Prince**
皮尤查帕	**Beauchamp**
布什	**Buch**
塔	ထား
哥秘达（即后文的吴鑫）	ကိုမေတ္တာ
齐思雅	ချစ်စရာ
盛额优	စိန်ငှက်ရိုး
山宫	စံကွန့်

马德亚	မဒ္ဒရာ
玛拉薇	မလှငွေ
哥钦貌登	ကိုခင်မောင်သိန်း
哥尼温昂	ကိုညီဝင်းအောင်
拉拉盛	လှလှစိန်
珊珊	စန်းစန်း
阿莫拉布拉	အမရပူရ

参考书目：

1.《缅汉词典》，商务印书馆。

2.《汉英大词典》，上海译文出版社。

3.《英华大词典》，商务印书馆。

4.《世界人名翻译大辞典》，中国对外翻译出版公司。